檸檬樹
用心出版

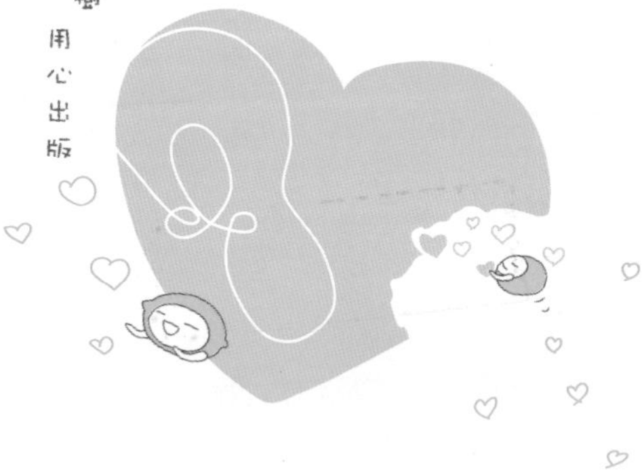

檸檬樹
用心出版

睡前聽・走路聽・坐車聽・開車聽

mini BOOK

用聽的背片語 進階1200

目錄 Contents

作者序 Preface

從我接觸英文開始，就一直認為「聽」是學好英文最有效的方式。

兩年前，開始跟檸檬樹合作「用聽的學英文－基礎系列」，這套主打「聽力學習」的語言學習書，書一出版，就獲得讀者熱烈的迴響：

「用聽的學真的很有效，我的聽力進步了！」
「這樣的方法很好，很適合給小孩學英文。」
「真輕鬆！用聽的就把國中時代學的英文重新複習了一次。」
「加油喔！我現在可是忠實讀者呢！」

繼「基礎系列」之後，在讀者的引頸期待下，「用聽的學英文－進階系列」誕生了；這套書仍延續聽力學習的方式，有別於「基礎系列」的「國中程度」，「進階系列」收錄程度較難、相當於「高中程度、英檢中級」的英文，希望幫助更多讀者，以最有效率的方式提昇自己的英文能力。

不久前，檸檬樹的總編才跟我聯絡過，說讀者對「用聽的學英文」一系列的書反應非常熱烈，所以想把「基礎系列」做成口袋書「mini BOOK」，提供讀者更多選擇。當時我就覺得出版社有這樣的立意很好，沒想到，相隔兩個月之後，「進階系列 mini BOOK」也即將問世。

「到哪裡，都要帶著你」是出版社對 mini BOOK 的期望，我個人則希望藉由 mini BOOK「體型輕巧、更方便攜帶」的特質，幫助大家「隨時查、隨時背、隨手一冊學好英文」。

王琪

mini BOOK

用聽的背片語

進階1200

第二彈！

史上最特別的片語書

•all over ＊＊＊

CD 軌道

聽群組
CD1-4

all over
all over with
all over the world

主重音

聽片語
CD1-4

首尾押韻

片語 / 中文解釋	首尾押韻 / 見字讀音 / 區分音節
all over 到處	al · l ⁝ o · ver ɔ x ɚ

★ The villagers have looked *all over* for the lost child the whole daylong.
村民們到處尋找那個失蹤的孩子找一整天了。

區分音節

見字讀音

中文解釋

片語例句

群組標示說明對照表

「b ** 」	「b 開頭的單字」
「 ** r 」	「r 結尾的單字 」
「**t/te」	「t 或 te 結尾的單字 」
「 *** 」	「一個或一個以上的單字」
「*** and ***」	「 相同單字 + and + 相同單字 」的片語群組
「*** by ***」	「 相同單字 + by + 相同單字 」的片語群組
「*** 介系詞 ***」	「 相同單字 + 介系詞 + 相同單字 」的片語群組

Chapter 1

A

•a *** of

聽群組 CD1-1

a range of
a great amount of
a large quantity of

聽片語 CD1-1

片語／中文解釋 | 首尾押韻／見字讀音／區分音節

a range of
各式各樣的

a | ra · n · ge | of
ə | e dʒ x | ɑ v

★ The shop sells *a range of* beautiful dresses.
這家商店出售各式各樣的漂亮洋裝。

a great amount of
大量的

a | g · rea · t | a · mou · n · t | of
ə | e | ə aʊ | ɑ v

★ He has taken on *a great amount of* work in this project.
在這項工程中他承包了大量的工作。

a large quantity of
大量的、許多

a | la · r · ge | q · ua · n · ti · ty | of
ə | ɑ dʒ x | k wɑ ə ɪ | ɑ v

★ *A large quantity of* this country's migrants come from Europe.
這個國家大部分的移民都來自歐洲。

•a *** of ***

聽群組 CD1-2

a bit of a
a man of sense
a piece of cake

聽片語
CD1-2

片語 / 中文解釋	首尾押韻 / 見字讀音 / 區分音節
a bit of a 一點兒	a bi·t of a ə ɪ ɑv ə

★ She is *a bit of a* bore.
她有點兒煩人。

a man of sense 通情達理的人	a ma·n of se·n·se ə æ ɑv ɛ x

★ Mr. Smith is *a man of sense* in the eyes of his neighbors.
在鄰居們的眼裡，史密斯先生是一個通情達理的人。

a piece of cake 輕而易舉的事	a pie·ce of ca·ke ə i s x ɑv k e x

★ Passing the mathematic examination is just *a piece of cake* for him.
通過數學考試對他來說是非常輕而易舉的事情。

•all ＊＊＊

聽群組
CD1-3

all but
all along
all thumbs

聽片語
CD1-3

片語 / 中文解釋	首尾押韻 / 見字讀音 / 區分音節
all but 幾乎、差不多	al·l bu·t ɔ x ʌ

★ To finish this task in such a bad weather within five days is *all but* impossible.
這樣糟糕的天氣裡要在五天內完成那項任務幾乎是不可能的。

all along
一開始就、一直

al · l | a · lo ng
ɔ x ə ɔ ŋ

★ He realizes that he has been deeply in love with Jane *all along*.
他發現自己從一開始就深深地愛上珍了。

all thumbs
笨手笨腳的

al · l | th u · mb · s
ɔ x θ ʌ x z

★ Mother always scolds him for being *all thumbs*.
媽媽總是罵他笨手笨腳的。

• all over ＊＊＊

聽群組
CD1-4

all over
all over with
all over the world

聽片語
CD1-4

片語 / 中文解釋 | 首尾押韻 / 見字讀音 / 區分音節

all over
到處

al · l | o · ver
ɔ x ɚ

★ The villagers have looked *all over* for the lost child the whole daylong.
村民們到處尋找那個失蹤的孩子找一整天了。

all over with
到處都是

al · l | o · ver | wi · th
ɔ x ɚ ɪ ð

★ The hill is covered *all over with* sweet violet.
這個山丘上到處都是甜美的紫羅蘭。

all over the world
世界各地的

al · l	o · ver	the	wor · l · d
ɔ x	ɚ	ð ə	ɝ

★ Representatives from *all over the world* take part in this conference.
來自世界各地的代表都參加了這個會議。

• and ＊＊＊

聽群組 CD1-5

and yet
and that

聽片語 CD1-5

片語 / 中文解釋 | 首尾押韻 / 見字讀音 / 區分音節

and yet
可是

an · d	ye · t
æ	j ɛ

★ He said he would come *and yet* he hasn't turned up.
他說他要來，可是到現在還沒有出現。

and that
而且

an · d	tha · t
æ	ð æ

★ Anna is an intelligent girl *and that* is a fact.
安娜是一個聰明的女孩，而那是個不爭的事實。

• as ＊＊＊

聽群組 CD1-6

as yet
as such
as many
as regards

A

聽片語
CD1-6

片語 / 中文解釋	首尾押韻 / 見字讀音 / 區分音節
as yet 至今、到現在	as · ye · t æ z · j ɛ

★ The cause of that young man's death is *as yet* still a myth.
那個年輕人的死因至今仍是個迷。

as such 就其本身而言	as · su · ch æ z · ʌ tʃ

★ I can't say it is the most suitable job for you *as such* but it will indeed help you do well in the future.
我不敢說這是最適合你的工作，但是它的確對你的前途有好處。

as many 一樣多	as · ma · ny æ z · ɛ ɪ

★ John has read a large number of novels, at least *as many* as Tom.
約翰讀了不少小說，至少和湯姆一樣多。

as regards 關於、至於	as · re · ga · r · d · s æ z · ɪ ɑ z

★ *As regards* his present situation, we know very little.
關於他的現況，我們知道的不多。

• as a ＊＊＊

聽群組
CD1-7

as a whole
as a consequence

聽片語
CD1-7

片語 / 中文解釋	首尾押韻 / 見字讀音 / 區分音節
as a whole 整體說來	as / a / who · le æ z / ə / x x

★ The prospect is promising *as a whole* though some problems still exist.
儘管存在著一些問題，但是整體來說還是很有希望的。

as a consequence 結果	as / a / co · n · se · q · ue · n · ce æ z / ə / kɑ ə k wɛ s x

★ He murdered that young lady and was sentenced to death *as a consequence*.
他謀殺了那名年輕女子，結果被判處死刑。

• as *** as ***

聽群組
CD1-8

as A as any
as much as to say

聽片語
CD1-8

片語 / 中文解釋	首尾押韻 / 見字讀音 / 區分音節
as A as any 和任何一個相同	as / A / as / a · ny æ z / / æ z / ɛ ɪ

★ He is *as cherubic as any* boy his age.
他和任何一個與他同齡的男孩一樣調皮。

as much as to say 等於說	as / mu · ch / as / to / say æ z / ʌ tʃ / æ z / u / e

★ When he walked away, it was *as much as to say* he didn't care anymore.
當他離去時，也等於說他什麼都不在乎了。

• as *** as not

聽群組 CD1-9

as likely as not
as often as not

聽片語 CD1-9

片語／中文解釋	首尾押韻／見字讀音／區分音節
as likely as not 很可能	as li·ke·ly as no·t æz aɪ x ɪ æz ɑ

★ *As likely as not* she will break her promise soon.
她馬上就違背諾言是很有可能的。

as often as not 往往	as o·fte·n as no·t æz ɔ xə æz ɑ

★ In the cold of winter, people prefer to stay at home *as often as not*.
在寒冷的冬天裡，人們往往喜歡待在家裡。

• as good as ***

聽群組 CD1-10

as good as
be as good as one's word

聽片語 CD1-10

片語／中文解釋	首尾押韻／見字讀音／區分音節
as good as 實際上、幾乎	as goo·d as æz ʊ æz

★ The method he suggested is *as good as* infeasible.
他建議的方法實際上是行不通的。

be as good as one's word 守信	be · as · goo·d · as · o·ne's · wor·d i æz U æz wʌ x ɝ

★ His father always tells him to be *as good as his word*.
他的父親經常教育他做人要守信用。

• at ＊＊＊

聽群組 CD1-11

at will
at need
at stake
at random

聽片語 CD1-11

片語 / 中文解釋	首尾押韻 / 見字讀音 / 區分音節
at will 隨意、任意	at · wi·ll æ ɪ x

★ You can choose *at will* anything you like in the supermarket.
在超市裡你可以任意挑選你所喜愛的東西。

at need 緊急時	at · nee·d æ i

★ This alarm is for those *at need* of help.
這個警報器是為了緊急求救而設立的。

at stake 冒風險	at · s·ta ke æ e x

★ The lives of all the ship's passengers are *at stake* because of the heavy storm.
由於風浪太大，船上所有乘客都處於危險之中。

A

at random
隨便地、胡亂

at	ra · n · do · m
æ	æ ə

★ The lottery numbers are picked *at random*.
樂透的號碼都是隨機取樣的。

• at b**

聽群組 CD1-12

at best
at bottom

聽片語 CD1-12

片語／中文解釋 首尾押韻／見字讀音／區分音節

at best
最多、充其量

at	be · s · t
æ	ɛ

★ Robin's monthly salary is 1200 yuan *at best*.
羅賓每個月的薪水頂多是1200元。

at bottom
實際上、其實

at	bo · tt o · m
æ	ɑ x ə

★ Every man knows *at bottom* that he is a unique being.
每個人都知道實際上自己是獨一無二的。

• at l**

聽群組 CD1-13

at large
at length
at liberty
at leisure

聽片語
CD1-13

片語／中文解釋	首尾押韻／見字讀音／區分音節
at large 詳細地、充分	at la·r·g e æ ɑ dʒ x

★ I have illustrated the solution to this problem *at large* in my report.
我已經在我的工作報告中詳細說明這個問題的解決辦法。

at length 最後、終於	at le·ng·th æ ɛ ŋ θ

★ *At length*, I began to realize the truth.
最後，我終於認清了事實。

at liberty 獲得許可的	at li·ber·ty æ ɪ ɚ ɪ

★ The suspect is *at liberty* to leave the police station.
那個嫌疑犯獲許可以離開警察局了。

at leisure 從容不迫	at lei·sur·e æ i ʒ ɚ x

★ You can take these files home and read them *at leisure*.
你可以把這些資料帶回家有空時慢慢看。

• at **t

聽群組
CD1-14

at most
at heart

聽片語
CD1-14

片語 / 中文解釋	首尾押韻 / 見字讀音 / 區分音節
at most 至多、不超過	at (æ) mo·s·t

★ The theater can sit 2000 people *at most*.
這個劇院最多能容納2000個人。

at heart 實際上、內心	at (æ) he(x) a(ɑ)·r·t

★ She is a lively and cheerful girl but lonely *at heart*.
她是一個外表活潑開朗，但內心十分孤獨的女孩。

•at a g**

聽群組
CD1-15

at a guess
at a glance

聽片語
CD1-15

片語 / 中文解釋	首尾押韻 / 見字讀音 / 區分音節
at a guess 依猜測	at (æ) a (ə) gue(ɛ)·ss(x)

★ From his appearance, *at a guess* he is a banker.
從外表推測，他應該是一個銀行家。

at a glance 看一眼、一瞥	at (æ) a (ə) g·la(æ)·n·c(s)·e(x)

★ An experienced worker can tell *at a glance* what is wrong with the machine.
一個有經驗的工人能一眼就看出機器出了什麼狀況。

• at any **e

聽群組 CD1-16
at any price
at any minute

聽片語 CD1-16

片語 / 中文解釋	首尾押韻 / 見字讀音 / 區分音節
at any price 不惜任何代價	at (æ) a·ny (ɛ ɪ) p·ri·ce (aɪ s x)

★ I wouldn't fight a lion *at any price*.
無論如何，我都不會去找一頭獅子的麻煩。

at any minute 隨時、馬上	at (æ) a·ny (ɛ ɪ) mi·nu·te (ɪ ɪ x)

★ The stock market can fall *at any minute*.
股市隨時都有可能下跌。

• at full ***

聽群組 CD1-17
at full length
at full speed

聽片語 CD1-17

片語 / 中文解釋	首尾押韻 / 見字讀音 / 區分音節
at full length 全身伸直	at (æ) fu·ll (ʊ x) le·ng·th (ɛ ŋ θ)

★ It is very comfortable to lie *at full length* on the grass in the sunshine.
在陽光下全身伸直躺在草地上是一件很舒服的事情。

A

at full speed
竭盡全力

at fu · ll s · pee · d
æ ʊ x i

★ The factory is working *at full speed*.
這家工廠正在全力運作中。

•at one's ***

聽群組 CD1-18

at one's disposal
at one's convenience

聽片語 CD1-18

片語 / 中文解釋 首尾押韻 / 見字讀音 / 區分音節

at one's disposal
自行支配使用

at o · ne' · s di · s · po · sal
æ wʌ x ɪ z ḷ

★ The company put a computer *at my disposal*.
公司分配一台電腦供我個人使用。

at one's convenience
在某人方便的時候

at o · ne' · s co · n · ve · ni · en · ce
æ wʌ x k ə i j ə s x

★ Could you bring the digital camera for me *at your convenience*?
你可以在你方便的時候帶數位相機來給我嗎？

•at one's **sure

聽群組 CD1-19

at one's leisure
at one's pleasure

聽片語 CD1-19

片語 / 中文解釋	首尾押韻 / 見字讀音 / 區分音節
at one's leisure 有空時、方便時	at o·ne'·s lei·sur·e æ wʌ x i ʒ ɚ x

★ Most girls like to go shopping *at their leisure*.
大多數的女生都喜歡在有空時去逛街。

片語 / 中文解釋	首尾押韻 / 見字讀音 / 區分音節
at one's pleasure 隨心所欲	at o·ne'·s p·lea·sur·e æ wʌ x ɛ ʒ ɚ x

★ Citizens should obey the law and can't merely do anything *at their pleasure*.
公民應當遵守法律，不可以任意妄為。

•at the *** of

聽群組 CD1-20

at the risk of
at the mercy of

聽片語 CD1-20

片語 / 中文解釋	首尾押韻 / 見字讀音 / 區分音節
at the risk of 冒...的危險	at the ri·s·k of æ ð ə ɪ ɑ v

★ He jumped into the river to save the drowning child *at the risk of* his own life.
他冒著生命危險跳入河裡拯救溺水的孩童。

片語 / 中文解釋	首尾押韻 / 見字讀音 / 區分音節
at the mercy of 任由...支配	at the mer·cy of æ ð ə ɝ s ɪ ɑ v

★ The slaves were *at the mercy of* the farm owner and completely deprived of their personal freedom.
那些奴隸只能任由農場主人支配，完全喪失他們的個人自由。

• at the **e of

聽群組 CD1-21

at the price of
at the expense of

聽片語 CD1-21

片語 / 中文解釋	首尾押韻 / 見字讀音 / 區分音節

at the price of
以...的代價

at	the	p·ri·ce	of
æ	ð x	aɪ s x	ɑ v

★ The soldiers swore to defend the territory even *at the price of* their own lives.
即使付上生命的代價，戰士們也誓死保衛領土。

at the expense of
在損失某事物的情況下

at	the	ex·pe·n·se	of
æ	ð i	ɪ ks ɛ x	ɑ v

★ She tries to keep a slender figure even *at the expense of* her own health.
她試圖保持苗條的身材，即使犧牲健康也在所不惜。

• at the **ght of

聽群組 CD1-22

at the height of
at the thought of

聽片語 CD1-22

片語 / 中文解釋	首尾押韻 / 見字讀音 / 區分音節

at the height of
在...的高鋒

at	the	hei·gh·t	of
æ	ð ə	xaɪ x	ɑ v

★ She was an outstanding leader *at the height of* the women's liberation movement.
她在婦女解放運動的高峰時期擔任一個極為出色的領導人。

at the thought of 一想起...	at the thou·gh·t of æ ð ə θ ɔ x ɑ v

★ The old man sighed with great sorrow *at the thought of* those hard times.
老人一想起那些艱難的歲月就感慨萬千。

•a** A for B

聽群組 CD1-23

admire A for B
apologize to A for B

聽片語 CD1-23

片語 / 中文解釋	首尾押韻 / 見字讀音 / 區分音節
admire A for B 羨慕某人某事	ad·mi·re A fo·r B ə aɪ x ɔ

★ The classmates *admire him for his studiousness*.
同學們都欽羨他的好學不倦。

apologize to A for B 因某事向某人道歉	a·po·lo·gi·ze to A fo·r B ə ɑ ə dʒaɪ x u ɔ

★ I *apologize to you for having kept you waiting so long*.
讓你等我這麼久真是抱歉。

•a** for

聽群組 CD1-24

answer for
arrange for

聽片語
CD1-24

片語／中文解釋	首尾押韻／見字讀音／區分音節
answer for 負責	an · swer fo · r æ x ɚ ɔ

★ The insurance company should *answer for* any losses occurred in this explosion.
保險公司應當負責這次爆炸造成的所有損失。

片語／中文解釋	首尾押韻／見字讀音／區分音節
arrange for 安排、準備	a · rra · n · ge fo · r ə x e dʒ x ɔ

★ The school will *arrange for* a student to meet you at the airport.
校方會安排一個學生去機場接你。

•a** A of B

聽群組
CD1-25

accuse A of B
assure A of B

聽片語
CD1-25

片語／中文解釋	首尾押韻／見字讀音／區分音節
accuse A of B 指控某人有罪	a · ccu · se A of B ə k x z x ɑ v

★ The plaintiff *accused the young man of cheating*.
原告指控那個年輕人犯有詐欺罪。

片語／中文解釋	首尾押韻／見字讀音／區分音節
assure A of B 讓某人確信某事	a · ssu · re A of B ə ʃ x ʊ x ɑ v

★ He tried to *assure the interviewer of being qualified for the job*.
他努力使面試者相信他能勝任這份工作。

•a** of

聽群組 CD1-26

as of
approve of

聽片語 CD1-26

片語／中文解釋	首尾押韻／見字讀音／區分音節
as of 從...時起	a s ¦ of æ z ¦ ɑ v

★ The interest rate has decreased by one percentage point *as of* last January.
從去年一月份起，銀行利率就調降了1%。

approve of 通過、同意	a·pp·ro·ve ¦ of ə x u x ¦ ɑ v

★ The organization committee has *approved of* the proposal unanimously.
籌委會已經一致通過這項提案。

•a** oneself to

聽群組 CD1-27

apply oneself to
address oneself to

聽片語 CD1-27

片語／中文解釋	首尾押韻／見字讀音／區分音節
apply oneself to 專心	a·pp·ly ¦ o·ne·se·l·f ¦ to ə x aɪ ¦ wʌ x ɛ ¦ u

★ He *applies himself to* his study and doesn't know what happens outside at all.
他專心讀書，完全不知道外面發生什麼事情。

address oneself to
致力於某事

a·dd·re·ss o·ne·se·l·f to
ə x ɛ x wʌ x ɛ u

★ The government should *address itself to* improving the level of people's lives.
政府應當致力於提昇人民的生活水準。

•a** to

聽群組 CD1-28

attend to
appeal to
amount to

聽片語 CD1-28

片語 / 中文解釋	首尾押韻 / 見字讀音 / 區分音節
attend to 照料、照顧	a·tte·n·d to ə x ɛ u

★ Her parents *attend to* her considerately in the hospital.
她的父母在醫院細心照顧她。

appeal to 對某人有吸引力	a·ppea·l to ə x i u

★ The various toys in the shop *appeal to* the children deeply.
孩子們被商店裡各式各樣的玩具深深吸引住了。

amount to 總計	a·mou·n·t to ə aʊ u

★ The total revenue of our company *amounts to* 2 million dollars this year.
本公司今年度的年收入總計為兩百萬美元。

•ad** to

聽群組 CD1-29

admit to
adhere to

聽片語 CD1-29

片語 / 中文解釋	首尾押韻 / 見字讀音 / 區分音節
admit to 承認、供認	ad · mi · t to ə ɪ u
adhere to 堅持、擁護	ad · he · re to ə ɪ x u

★ The prisoner *admitted to* all the crimes he had committed.
那名罪犯坦承他所犯下的一切罪行。

★ We should *adhere to* the four basic principles all the time.
我們應該一直堅持四項基本原則。

•ad** A to B

聽群組 CD1-30

add A to B
adapt A to B
admit A to B
adjust A to B

聽片語 CD1-30

片語 / 中文解釋	首尾押韻 / 見字讀音 / 區分音節
add A to B 把A加到B裡面	ad d A to B æ x

★ I'd like to *add some sugar to the coffee*.
我喜歡在咖啡裡面加一些糖。

A

adapt A to B
使A適應B

a·dap·t A to B
ə æ u

★ He adapts himself to the new work environment very quickly.
他很快就適應了新的工作環境。

admit A to B
允許某人做某事

ad·mi·t A to B
ə ɪ u

★ My mom doesn't admit my little sister to watch TV on weekday.
平時我媽媽不允許我小妹看電視。

adjust A to B
調整A來適應B

a·dju·s·t A to B
ə dʒ ʌ u

★ The Government should adjust the policies to meet the needs of the new situation.
政府應當調整政策以適應新的時勢需求。

•app** A to B

聽群組
CD1-31

apply A to B
appoint A to B

聽片語
CD1-31

片語／中文解釋　首尾押韻／見字讀音／區分音節

apply A to B
塗抹、擦

a·pp·ly A to B
ə x aɪ u

★ The doctor applied some ointment to my wound.
醫生在我的傷口塗抹上一些藥膏。

appoint A to B
委派某人做某事

a·ppo·in·t A to B
ə x ɔ ɪ u

★ The company *appointed Mr. Daniel to deal with this event*.
公司委派丹尼爾先生來處理這件事。

•att** A to B

聽群組 CD1-32

attach A to B
attribute A to B

聽片語 CD1-32

片語 / 中文解釋	首尾押韻 / 見字讀音 / 區分音節
attach A to B 將A與B相聯繫	a·tt a·ch A to B ə x æ tʃ u

★ People are likely to *attach the idea of a dove to peace*.
人們很容易把白鴿與和平聯想在一起。

片語 / 中文解釋	首尾押韻 / 見字讀音 / 區分音節
attribute A to B 認為A是由B引起的	a·tt·ri·bu·te A to B ə x ɪ jʊ x u

★ He *attributes his success to hard work* and not luck.
他把他的成功歸因於勤奮工作而不是靠運氣。

•a** yet

聽群組 CD1-33

as yet
and yet

聽片語 CD1-33

片語 / 中文解釋	首尾押韻 / 見字讀音 / 區分音節
as yet 到現在、至今	a s ye·t æ z j ɛ

★ Her parents still don't allow her to go out alone *as yet* in the evening even though she is 20 years old now.
儘管已經20歲了，她父母至今還是不讓她晚上單獨外出。

and yet
可是

an · d | ye · t
æ | j ɛ

★ James had prepared for this competition for a long time *and yet* failed in the end.
詹姆斯花很多時間準備這次的比賽，但是最後還是失敗了。

• * * t/te a bit

聽群組
CD1-34

not a bit
quite a bit

聽片語
CD1-34

片語 / 中文解釋

首尾押韻 / 見字讀音 / 區分音節

not a bit
一點兒也不

no · t | a | bi · t
ɑ | ə | ɪ

★ This restaurant's food is *not* even *a bit* delicious.
這家餐廳的菜一點也不好吃。

quite a bit
相當多

q · u i · te | a | bi · t
k wal x | ə | ɪ

★ He put *quite a bit* of effort into the project.
他投入相當多的努力在這件企畫中。

●＊＊＊ about

聽群組 CD1-35

go about
lie about

聽片語 CD1-35

片語／中文解釋	首尾押韻／見字讀音／區分音節
go about 開始做某事	go ¦ a · bou · t (ə, aʊ)

★ They have decided to *go about* building the reservoir next week.
他們決定下週開始建造水庫。

片語／中文解釋	首尾押韻／見字讀音／區分音節
lie about 點綴	li · e ¦ a · bou · t (aɪ, x, ə, aʊ)

★ Numerous shining stars *lie about* in the dark sky.
夜空中點綴著無數顆閃亮的星星。

●＊＊t about

聽群組 CD1-36

get about
set about

聽片語 CD1-36

片語／中文解釋	首尾押韻／見字讀音／區分音節
get about 消息傳播、流傳	ge · t ¦ a · bou · t (ɛ, ə, aʊ)

★ The news of her admission to the National Taiwan University has *got about* the community.
她被台灣大學錄取的消息已經在社區內傳開。

set about
著手進行某事

se · t	a · bou · t		
ɛ	ə	aʊ	

★ Students *set about* finding jobs as soon as they graduate.
學生們一畢業就開始找工作。

● * * * after

聽群組 CD1-37

ask after
come after
inquire after

聽片語 CD1-37

片語 / 中文解釋 — 首尾押韻 / 見字讀音 / 區分音節

ask after
問候、問安

as · k	af · ter	
æ	æ	ɚ

★ Frank always *asks after* you in his letters.
法蘭克每次來信都會問候你。

come after
追趕、追逐

co · me		af · ter		
k ʌ	x	æ	ɚ	

★ The tall man is *coming after* the thief who stole his wallet in the street.
那名高個子的男人正在街上追趕偷他皮夾的小偷。

inquire after
問候、問好

in · q · ui · re				af · ter	
ɪ	k	waɪ	x	æ	ɚ

★ Many people called the hospital to *inquire after* the hero.
許多人打電話到醫院詢問英雄的情況。

●＊＊＊ against

聽群組
CD1-38

go against
run against
decide against

聽片語
CD1-38

片語／中文解釋	首尾押韻／見字讀音／區分音節
go against 對...不利、抵抗	go a·gai·n·s·t ə ɛ

★ The present situation is *going against* us.
目前的情勢對我們不利。

run against 偶遇、撞上	ru·n a·gai·n·s·t ʌ ə ɛ

★ Bush *ran against* Kerry in the US presidential election.
布希在美國總統大選中對上凱瑞。

decide against 下定決心不做某事	de·ci·de a·gai·n·s·t ɪ saɪ x ə ɛ

★ The little boy has *decided against* playing video games from now on.
那個小男孩下定決心從今以後再也不打電動了。

●＊＊agree with

聽群組
CD1-39

agree with
disagree with

聽片語
CD1-39

片語 / 中文解釋 | 首尾押韻 / 見字讀音 / 區分音節

agree with
贊成、同意

a · g · ree wi · th
ə i ɪ ð

★ I *agree with* your plan for this summer vacation.
我贊成你今年的暑期計畫。

disagree with
不贊成、不同意

di · sa · g · ree wi · th
ɪ ə i ɪ ð

★ I *disagree with* you on this point.
關於這點我和你的意見相左。

● * * * all

聽群組
CD1-40

at all
for all

聽片語
CD1-40

片語 / 中文解釋 | 首尾押韻 / 見字讀音 / 區分音節

at all
根本、絲毫

at al · l
æ ɔ x

★ Robert isn't interested in politics *at all*.
羅伯特對政治根本不感興趣。

for all
儘管、雖然

fo · r al · l
ɔ ɔ x

★ Beethoven created many great works *for all* his bad living conditions.
儘管生活條件惡劣，貝多芬仍然創作出許多偉大的作品。

●＊＊＊ and ＊＊＊（1）

聽群組 CD1-41

yes and no
ups and downs
rise and fall

聽片語 CD1-41

片語／中文解釋	首尾押韻／見字讀音／區分音節
yes and no 模稜兩可、似是而非	y e · s (j ɛ) | an · d (æ) | no

★ Strangely, the answer to that question is both *yes and no*.
這個問題的答案模稜兩可的，很奇怪。

片語／中文解釋	首尾押韻／見字讀音／區分音節
ups and downs 盛衰、沈浮	up · s (ʌ) | an · d (æ) | dow · n · s (aʊ)

★ Only true friends can go through *ups and downs* with you.
只有真正的朋友才能與你同甘共苦。

片語／中文解釋	首尾押韻／見字讀音／區分音節
rise and fall 起起落落	ri · s e (aɪ z x) | an · d (æ) | fa · ll (ɔ x)

★ Do you know much about the *rise and fall* of the Roman Empire?
你瞭解有關羅馬帝國的興衰起落嗎？

●＊＊＊ and ＊＊＊（2）

聽群組 CD1-42

by and large
on and off
safe and sound
heart and soul

聽片語
CD1-42

片語／中文解釋	首尾押韻／見字讀音／區分音節
by and large 總體來說、大致上	by（aɪ） an·d（æ） la·r·ge（ɑ, dʒ x）
on and off 斷斷續續地、不時	on（ɑ） an·d（æ） of·f（ɔ x）
safe and sound 平安無事	sa·fe（e x） an·d（æ） sou·n·d（aʊ）
heart and soul 全心全意地	hea·r·t（x ɑ） an·d（æ） sou·l（o）

★ *By and large*, the newly established company has run well in the first six months.
總體來說，這家新成立的公司上半年運作良好。

★ It has rained *on and off* for a month in total.
雨已經斷斷續續地下了整整一個月。

★ The old lady wishes her son comes back from the front *safe and sound*.
老婦人希望他的兒子能從前線平安歸來。

★ The Government adheres to the principle of serving the people with its *heart and soul*.
政府堅持全心全意為民服務的原則。

●＊＊＊ around

聽群組
CD1-43

kick around
hang around

聽片語
CD1-43

片語／中文解釋	首尾押韻／見字讀音／區分音節
kick around 活著、健在、存在	ki · ck a · rou · n · d ɪ k ə aʊ

★ The officer has been *kicking around* the village since he retired.
那位官員自從退休後就一直生活在農村裡。

hang around 閒晃、徘徊	ha · ng a · rou · n · d æ ŋ ə aʊ

★ The guy *hangs around* the streets all day long for he has no work.
那傢伙沒有工作，所以整天在街上閒晃。

•**t around

聽群組
CD1-44

sit around
get around

聽片語
CD1-44

片語／中文解釋	首尾押韻／見字讀音／區分音節
sit around 閒坐著	si · t a · rou · n · d ɪ ə aʊ

★ Her husband *sits around* waiting for dinner after work everyday.
她丈夫每天下班回家後就閒坐著等晚餐。

get around 流傳	ge · t a · rou · n · d ɛ ə aʊ

★ The news *got around* the company that the accountant was arrested for embazzlement.
那名會計因挪用公款而遭拘捕的消息很快在公司傳開了。

A

●＊＊＊ at

聽群組
CD1-45

aim at
hint at
catch at

聽片語
CD1-45

片語／中文解釋	首尾押韻／見字讀音／區分音節
aim at 以...為目的、瞄準	ai · m ｜ at e ｜ æ

★ We should *aim at* increasing the yearly output by 2%.
我們應該以提升年產量百分之二為目標。

hint at 暗示、間接提及	hi · n · t ｜ at ɪ ｜ æ

★ The possibility of his promotion to assistant manager has been *hinted at*.
已有跡象暗示他將被提昇為經理的助理。

catch at 試圖抓住某事物	c a · tch ｜ at k æ tʃ ｜ æ

★ The drowning monkey tried to *catch at* the floating wood but failed.
溺水的猴子試圖抓住那根浮木但是沒抓住。

●＊＊＊ away

聽群組
CD1-46

turn away
pass away

聽片語
CD1-46

片語 / 中文解釋	首尾押韻 / 見字讀音 / 區分音節
turn away 轉過頭不面對	tur · n ┆ a · way ɜ ┆ ə e

★ The thief *turned away* at the sight of the policeman on patrol.
小偷一看見巡警就把臉轉過去了。

pass away 去世	pa · ss ┆ a · way æ x ┆ ə e

★ The great musician *passed away* last month.
那位偉大的音樂家上個月去世了。

• * * e away

聽群組
CD1-47

fade away
idle away

聽片語
CD1-47

片語 / 中文解釋	首尾押韻 / 見字讀音 / 區分音節
fade away 逐漸消失	fa · de ┆ a · way e x ┆ ə e

★ The kite flies higher and higher, *fading away* in the sky.
風箏越飛越高，漸漸消失在天空中。

idle away 虛度光陰	i · dle ┆ a · way aɪ l̩ ┆ ə e

★ As a student, you cannot *idle away* precious time playing.
身為一個學生，你不能把寶貴的時間都浪費在玩樂上面。

A

●✱✱ow away

聽群組
CD1-48

blow away
throw away

聽片語
CD1-48

片語／中文解釋	首尾押韻／見字讀音／區分音節
blow away 吹走、驅散	b · l**ow** | **a** · w**ay** o ə e

★ The heavy wind *blows away* the dark clouds.
強風把烏雲給吹散了。

throw away 丟棄	**th** · r**ow** | **a** · w**ay** θ o ə e

★ He doesn't want to *throw away* this hat having worn it for many years.
他還是不願把這頂戴了許多年的帽子扔掉。

•be *** about

聽群組 CD2-1

be anxious about
be particular about

聽片語 CD2-1

片語 / 中文解釋	首尾押韻 / 見字讀音 / 區分音節
be anxious about 擔心、憂慮	be an·xi ou·s a·bou·t i æ ŋ kʃ ə ə aʊ

★ I'm really anxious about this test.
我真的很擔心這次的考試。

片語 / 中文解釋	首尾押韻 / 見字讀音 / 區分音節
be particular about 講究的、批判的	be par·ti·cu·lar a·bou·t i ɚ ɪ kjə ɚ ə aʊ

★ She is very particular about what to eat.
她對吃的東西很講究。

•be c** about

聽群組 CD2-2

be crazy about
be curious about

聽片語 CD2-2

片語 / 中文解釋	首尾押韻 / 見字讀音 / 區分音節
be crazy about 著迷、熱衷	be c·ra·zy a·bou·t i k e ɪ ə aʊ

★ Many people are crazy about this film.
很多人都著迷於這部電影。

B

be curious about
好奇、感興趣

be·cu·ri·ous a·bou·t
i k ju ɪ ə ə aʊ

★ The boy *is curious about* how the steam engine works.
男孩對蒸汽機如何運作感到很好奇。

•be con** about

聽群組 CD2-3

be confused about
be concerned about

聽片語 CD2-3

片語／中文解釋 首尾押韻／見字讀音／區分音節

be confused about
糊塗、迷糊

be·co·n·fu·se·d a·bou·t
i k ə ju z x ə aʊ

★ I*'m* really *confused about* these similar concepts.
我真的被這些相似的概念給弄糊塗了。

be concerned about
擔心的、憂慮的

be·co·n·cer·ne·d a·bou·t
i k ə s ɚ x ə aʊ

★ We *are* all *concerned about* her safety.
我們都很擔心她的安危。

•be all **s

聽群組 CD2-4

be all ears
be all kindness

聽片語
CD2-4

片語 / 中文解釋	首尾押韻 / 見字讀音 / 區分音節
be all ears 傾聽	be · al · l · ear · s i ɔ x ɪ

★ Please tell me about the competition; I'*m all ears.*
請把比賽的事告訴我，我洗耳恭聽。

be all kindness 親切的、仁慈的	be · al · l · ki · n · d · ne · ss i ɔ aɪ ɪ x

★ He *is all kindness* to the poor.
他對窮人非常仁慈。

•be **ed at

聽群組
CD2-5

be shocked at
be surprised at
be disappointed at

聽片語
CD2-5

片語 / 中文解釋	首尾押韻 / 見字讀音 / 區分音節
be shocked at 震驚	be · sh · o · ck · e · d · at i ʃ ɑ k x t æ

★ The whole world *is shocked at* this bomb accident.
全世界都震驚於這起爆炸事件。

be surprised at 驚訝、詫異	be · su · r · p · ri · s · e · d · at i ə x aɪ z x æ

★ I'*m* very *surprised at* his coming.
他的到來令我深感驚訝。

B

be disappointed at
失望

be	di · sa · ppo · in · te · d	at
i	ɪ ə x ɔ ɪ ɪ	æ

★ Laura *is disappointed at* Tom's failure in the competition.
湯姆比賽敗北讓蘿拉非常失望。

• be **ed by

聽群組 CD2-6

be possessed by
be accompanied by

聽片語 CD2-6

片語 / 中文解釋 | 首尾押韻 / 見字讀音 / 區分音節

be possessed by
受控制、受支配

be	po · sse · sse · d	by
i	ə z x ɛ x x t	aɪ

★ He *is possessed by* the idea that someone wants to kill him.
他老是覺得有人想殺他。

be accompanied by
陪伴、伴隨

be	a · cco · m · pa · nie · d	by
i	ə k x ʌ ə ɪ	aɪ

★ The mayor, who *is accompanied by* several local officials, visited that factory.
在幾位當地政府官員陪同下的市長參觀了那間工廠。

• be *** for

聽群組 CD2-7

be anxious for
be grateful for

聽片語
CD2-7

片語 / 中文解釋	首尾押韻 / 見字讀音 / 區分音節
be anxious for 急切盼望、渴望	be / an · xi ou · s / fo · r i / æ ŋ kʃ ə / ɔ

★ The refugees *are anxious for* the relief supplies to come.
災民們急切地盼望著補給品的到來。

be grateful for 感激、充滿謝意	be / g · ra · te · fu · l / fo · r i / e x ə / ɔ

★ I *am grateful for* your help.
我感謝您的幫忙。

•be **ble for

聽群組
CD2-8

be suitable for
be responsible for

聽片語
CD2-8

片語 / 中文解釋	首尾押韻 / 見字讀音 / 區分音節
be suitable for 適合的、恰當的	be / sui · ta · ble / fo · r i / u ə l̩ / ɔ

★ I don't think Tom *is suitable for* this task.
我覺得湯姆不適合從事這份工作。

be responsible for 承擔責任	be / re · s · po · n · si · ble / fo · r i / ɪ ɑ ə l̩ / ɔ

★ The bus drivers should *be responsible for* the safety of passengers.
公車駕駛們應該負責乘客的安全。

B

• be **ed for

聽群組
CD2-9

be noted for
be distinguished for

聽片語
CD2-9

片語 / 中文解釋	首尾押韻 / 見字讀音 / 區分音節
be noted for 聞名、著名	be no·te·d fo·r i ɪ ɔ

★ This city *is noted for* its fine crystal.
這座城市以其純淨的水晶聞名。

片語 / 中文解釋	首尾押韻 / 見字讀音 / 區分音節
be distinguished for 著名的、卓越的	be di·s·ti·n·g·ui·she·d fo·r i ɪ ɪ ŋ wɪ ʃ x t ɔ

★ This school *is distinguished for* its excellent dance training.
這所學校以其一流的舞蹈培訓而著稱。

• be **t for

聽群組
CD2-10

be short for
be impatient for

聽片語
CD2-10

片語 / 中文解釋	首尾押韻 / 見字讀音 / 區分音節
be short for 縮寫、簡稱	be sho·r·t fo·r i ʃ ɔ ɔ

★ The UN. *is short for* the United Nations.
UN.是聯合國的縮寫。

be impatient for
熱切的、不耐煩的

be	im · pa · ti e · n · t	fo · r
i	ɪ e ʃ ə	ɔ

★ The children *are impatient for* the Chinese New Year to come.
孩子們熱切盼望新年的到來。

•be *** from

聽群組 CD2-11

be fresh from
be distinct from

聽片語 CD2-11

片語 / 中文解釋 — 首尾押韻 / 見字讀音 / 區分音節

be fresh from
剛從...來、直接來自...

be	f · re · sh	f · ro · m
i	ɛ ʃ	ɑ

★ These grapes *are fresh from* the garden.
這些葡萄是剛從果園裡摘來的。

be distinct from
截然不同、種類不同

be	di · s · ti · n · c · t	f · ro · m
i	ɪ ɪ ŋ k	ɑ

★ Astronomy *is* quite *distinct from* astrology.
天文學與占星術截然不同。

•be **ed in

聽群組 CD2-12

be involved in
be dressed in
be engaged in
be absorbed in

B

聽片語
CD2-12

片語／中文解釋	首尾押韻／見字讀音／區分音節
be involved in 牽涉、有關聯	be ｜ in · vo · l · ve · d ｜ in i ｜ ɪ ɑ x ｜ ɪ

★ I don't want to *be involved in* this case.
我不想被牽扯進這個案子。

be dressed in 穿著	be ｜ d · re · s s e · d ｜ in i ｜ ɛ x x ｜ ɪ

★ The girl that *is dressed in* red is my sister.
那個穿紅衣服的女孩是我妹妹。

be engaged in 忙著做某事	be ｜ en · ga · g e · d ｜ in i ｜ ɪ e dʒ x ｜ ɪ

★ I*'m engaged in* a business negotiation these days.
這些天我正忙於一個商務談判。

be absorbed in 全神貫注於	be ｜ ab · so · r · be · d ｜ in i ｜ ə ɔ x ｜ ɪ

★ She *was* totally *absorbed in* the novel and didn't hear what I said at all.
她完全投入於小說之中，壓根兒沒聽到我說的話。

• be **ing in

聽群組
CD2-13

be lacking in
be wanting in

聽片語
CD2-13

片語 / 中文解釋　首尾押韻 / 見字讀音 / 區分音節

be lacking in
缺乏、不足

be | la · ck i · ng | in
i | æ k ɪ ŋ | ɪ

★ We *are* interested inthis experiment but *lacking in* funds.
我們對這個實驗很有興趣，但是我們資金不足。

be wanting in
欠缺、不足

be | wa · n · t i · ng | in
i | ɑ ɪ ŋ | ɪ

★ His speech *is wanting in* fervor.
他的演講缺乏熱忱。

•be **nt in

聽群組
CD2-14

be abundant in
be proficient in

聽片語
CD2-14

片語 / 中文解釋　首尾押韻 / 見字讀音 / 區分音節

be abundant in
豐富的、充裕的

be | a · bu · n · da · n · t | in
i | ə ʌ ə | ɪ

★ This area *is abundant in* natural gas resources.
這一帶的天然氣資源很豐富。

be proficient in
精通、熟練

be | p · ro · fi · ci e · n · t | in
i | ə ɪ ʃ ə | ɪ

★ He *is proficient in* gardening.
他精通園藝。

B

•be **t in

聽群組
CD2-15

be lost in
be caught in

聽片語
CD2-15

片語 / 中文解釋	首尾押韻 / 見字讀音 / 區分音節
be lost in 專注於	be (i) · lo (ɔ) · s · t · in (ɪ)

★ He *was lost in* thought and didn't notice my coming in.
他想得出神，沒注意到我進來。

be caught in 被抓到正做某事、被發現	be (i) · c (k) au (ɔ) · gh (x) · t · in (ɪ)

★ The boy *was caught in* the act of stealing.
那男孩在行竊時被逮個正著。

•be *** of

聽群組
CD2-16

be born of
be weary of
be master of
be unaware of

聽片語
CD2-16

片語 / 中文解釋	首尾押韻 / 見字讀音 / 區分音節
be born of 源於、生自於	be (i) · bo (ɔ) · r · n · of (ɑv)

★ Her writing inspiration *was born of* her love for nature.
她的寫作靈感源自她對大自然的熱愛。

be weary of
厭倦

be · wea · ry · of
i ɪ ɪ ɑv

★ I have *been weary of* your old story.
我早已厭倦聽你講那些老掉牙的故事了。

be master of
成為能控制某事物的人

be · ma · s · ter · of
i æ ɚ ɑv

★ Everyone should *be master of* his own fate.
每個人都應努力掌握自己的命運。

be unaware of
不知道、未覺察

be · u · na · wa · re · of
i ʌ ə ɛ x ɑv

★ He *was* totally *unaware of* the seriousness of the problem.
他完全沒有覺察到問題的嚴重性。

• be c** of

聽群組
CD2-17

be critical of
be certain of
be capable of

聽片語
CD2-17

片語 / 中文解釋　首尾押韻 / 見字讀音 / 區分音節

be critical of
愛挑剔的、批評的

be · c · ri · ti · cal · of
i k ɪ ɪ kḷ ɑv

★ Why *are* you always *critical of* my work ?
你為什麼總是對我的工作吹毛求疵呢？

B

be certain of
確定、肯定

be	cer · tai · n	of
i	s ɝ ə	ɑv

★ I'm still not *certain of* his real intention.
我還不確定他的真正意圖是什麼。

be capable of
有做某事的能力

be	ca · pa · ble	of
i	ke ə l̩	ɑv

★ He *is* very *capable of* doing this kind of work.
他對於做這一類的工作很在行。

•be con** of

聽群組 CD2-18

be conscious of
be confident of
be considerate of

聽片語 CD2-18

片語／中文解釋　首尾押韻／見字讀音／區分音節

be conscious of
知道、注意到

be	co · n · sci ou · s	of
i	kɑ ʃ ə	ɑv

★ He stopped his experiment when he *was conscious of* being seen.
他覺察到自己被人窺探，於是停下實驗。

be confident of
有信心的、有把握的

be	co · n · fi · de · n · t	of
i	kɑ ə ə	ɑv

★ I'*m confident of* your victory.
我對你的勝利充滿信心。

be considerate of
為...著想、考慮周到的

be	co·n	si	de	ra	te	of
i	kə	ɪ	ə	ɪ	x	ɑv

★ This government *is* very *considerate of* the peasants.
政府很為農民著想。

• be e** of

聽群組 CD2-19

be easy of
be envious of

聽片語 CD2-19

片語 / 中文解釋 　首尾押韻 / 見字讀音 / 區分音節

be easy of
不在意、輕鬆的

be	ea	sy	of
i	i	zɪ	ɑv

★ This music *is easy of* listening.
這音樂聽起來很輕鬆。

be envious of
羨慕、嫉妒

be	en	vi	ous	of
i	ɛ	ɪ	ə	ɑv

★ Laura *is envious of* her sister's new dress.
蘿拉很羨慕姐姐的新洋裝。

• be in** of

聽群組 CD2-20

be innocent of
be incapable of
be independent of

B

聽片語
CD2-20

片語 / 中文解釋	首尾押韻 / 見字讀音 / 區分音節
be innocent of 無辜的、清白無罪的	be · i · nno · cen · t · of i · ɪ · x ə · s n̩ · ɑ v

★ He *is innocent of* the crime.
他是無辜的，罪名不能成立。

片語 / 中文解釋	首尾押韻 / 見字讀音 / 區分音節
be incapable of 不能做	be · in · ca · pa · ble · of i · ɪ · k e · ə · l̩ · ɑ v

★ I*'m* just *incapable of* forgetting her.
我就是沒辦法忘記她。

片語 / 中文解釋	首尾押韻 / 見字讀音 / 區分音節
be independent of 獨立的、自主的	be · in · de · pe · n · de · n · t · of i · ɪ · ɪ · ɛ · ə · ɑ v

★ She has *been independent of* her parents since she was sixteen.
從十六歲開始，她就不再依賴父母而能獨立自主。

• be **ous of

聽群組
CD2-21

be jealous of
be ambitious of

聽片語
CD2-21

片語 / 中文解釋	首尾押韻 / 見字讀音 / 區分音節
be jealous of 羨慕	be · jea · lou · s · of i · dʒ ɛ · ə · ɑ v

★ Don't always *be jealous of* others' success but strive for your own success.
別老是羨慕別人的成功，要努力創造出你自己的成就。

be ambitious of
有野心的

be · am · bi · ti ou · s · of
i · æ · ɪ ʃ ə · ɑv

★ We *are* all *ambitious of* succeeding in this program.
我們都對這個專案的成功抱有雄心壯志。

• be pos** of

聽群組 CD2-22

be positive of
be possessed of

聽片語 CD2-22

片語 / 中文解釋 | 首尾押韻 / 見字讀音 / 區分音節

be positive of
明確的、確定的

be · po · si · ti · ve · of
i · ɑ · zə · ɪ · x · ɑv

★ So far, nobody *is positive of* the real cause of that accident.
到目前為止，沒有人明確知道那件事故的真正起因。

be possessed of
擁有、具有

be · po · sse · sse · d · of
i · ə · zxɛ · xx · t · ɑv

★ She *is possessed of* a cheerful disposition.
她擁有令人愉悅的個性。

• be re** of

聽群組 CD2-23

be reckless of
be representative of

B

聽片語
CD2-23

片語／中文解釋	首尾押韻／見字讀音／區分音節
be reckless of 不考慮的、魯莽的	be re·ck·le·ss of i ɛ k ɪ x ɑv

★ He is almost reckless of his own life in order to get the money.
為了賺到錢，他簡直連命都不要了。

be representative of 代表、作為典型	be re·p·re·se·n·ta·ti·ve of i ɛ ɪ z ɛ ə ɪ x ɑv

★ "Hamlet" is representative of Shakespeare's tragedies.
「哈姆雷特」是一部典型的莎士比亞悲劇。

• be s** of

聽群組
CD2-24

be sick of
be suspicious of

聽片語
CD2-24

片語／中文解釋	首尾押韻／見字讀音／區分音節
be sick of 厭倦、膩煩	be si·ck of i ɪ k ɑv

★ I'm really sick of her flattery.
她的阿諛奉承令我感到厭煩。

be suspicious of 懷疑	be su·s·pi·ciou·s of i ə ɪ ʃ ə ɑv

★ He is suspicious of the new comer.
他對新來的人有所猜疑。

•be t** of

聽群組 CD2-25

be true of
be typical of

聽片語 CD2-25

片語 / 中文解釋	首尾押韻 / 見字讀音 / 區分音節
be true of 真實的、確實的	be t·ru·e of (i x ɑv)

★ Their products are good and the same *is true of* their service.
他們的產品很好，服務也很不錯。

片語 / 中文解釋	首尾押韻 / 見字讀音 / 區分音節
be typical of 典型的、有代表性的	be ty·pi·cal of (i ɪ ɪ k l̩ ɑv)

★ This inn *is typical of* those taverns in the English countryside.
這間小旅館是典型的英國鄉間旅社。

•be *** on

聽群組 CD2-26

be hard on
be keen on

聽片語 CD2-26

片語 / 中文解釋	首尾押韻 / 見字讀音 / 區分音節
be hard on 嚴格對待、苛嚴要求	be ha·r·d on (i ɑ ɑ)

★ Don't *be* so *hard on* him—he's still a child.
別對他這麼嚴厲，他還只是個孩子。

be keen on
熱衷、喜愛

be	kee · n	on
i	i	ɑ

★ I'm keen on dancing.
我非常熱愛跳舞。

•be **ent on

聽群組 CD2-27

be bent on
be intent on

聽片語 CD2-27

片語 / 中文解釋 首尾押韻 / 見字讀音 / 區分音節

be bent on
決心做某事、專心致志於

be	be · n · t	on
i	ɛ	ɑ

★ He is bent on setting up a company of his own.
他一心想開一間屬於自己的公司。

be intent on
堅決、熱衷、專注

be	in · te · n · t	on
i	ɪ ɛ	ɑ

★ He is intent on going abroad.
他堅決要去國外。

•be *** to

聽群組 CD2-28

be faithful to
be relevant to
be beneficial to

聽片語 CD2-28

片語 / 中文解釋	首尾押韻 / 見字讀音 / 區分音節
be faithful to 忠實的	be (i) fai·th·fu·l (e θ ə) to (u)

★ He *is* always *faithful to* his friends.
他對朋友一向忠誠。

be relevant to 相關的	be (i) re·le·va·n·t (ɛ ə ə) to (u)

★ I've found some essays that *are relevant to* our theme.
我找到一些與我們的議題相關的文章。

be beneficial to 有益的、有用的	be (i) be·ne·fi·cia·l (ɛ ə ɪ ʃ ə) to (u)

★ Drinking more water *is beneficial to* your health.
多喝水有益於你的身體健康。

•be a** to

聽群組 CD2-29

be alien to
be appropriate to
be addicted to
be attached to
be accustomed to

聽片語 CD2-29

片語 / 中文解釋	首尾押韻 / 見字讀音 / 區分音節
be alien to 相反的、相抵觸的	be (i) a·li·en (e ɪ ə) to (u)

B

★ Your ideas are alien to our principles.
你的想法與我們的原則格格不入。

be appropriate to
適當的、合適的

be	a·pp·ro·p·ri·at·e	to
i	ə x ɪ e x	u

★ Is this an appropriate occasion to discuss finance?
這種場合適合討論財務狀況嗎？

be addicted to
沉迷於、產生強烈興趣

be	a·ddi·c·te·d	to
i	ə x ɪ k ɪ	u

★ He was addicted to video games and fell behind in his study.
他沉迷於電動，功課都落後了。

be attached to
依戀、愛慕

be	a·tta·che·d	to
i	ə x æ tʃ x t	u

★ These two lovers are always attached to each other.
這對戀人總是如膠似漆地在一起。

be accustomed to
習慣於

be	a·ccu·s·to·me·d	to
i	ə k x ʌ ə x	u

★ I hope you'll soon be accustomed to this new environment.
我希望你能很快適應這個新環境。

• be co** to

聽群組
CD2-30

be common to
be conditioned to

聽片語
CD2-30

片語 / 中文解釋	首尾押韻 / 見字讀音 / 區分音節
be common to 共同的	be co·mmo·n to i kɑ x ə u

★ This mistake *is common to* first year students.
一年級的學生同樣都會犯這個錯。

be conditioned to 習慣	be co·n·di·tio·ne·d to i kə ɪ ʃə x u

★ We have *been conditioned to* staying up late.
我們已經很習慣晚睡。

•be e** to

聽群組
CD2-31

be essential to
be engaged to
be equivalent to

聽片語
CD2-31

片語 / 中文解釋	首尾押韻 / 見字讀音 / 區分音節
be essential to 不可或缺、最重要	be e·sse·n·tia·l to i ɪ x ɛ ʃ ə u

★ I don't think money *is essential to* happiness.
我並不覺得金錢對於幸福而言是不可或缺的。

be engaged to 訂婚	be en·ga·ge·d to i ɪ e dʒ x u

★ Laura has *been engaged to* John.
蘿拉已經與約翰訂婚。

B

be equivalent to
相同的、對等的

be	e·q·ui·va·le·n·t	to
i	ɪ k wɪ ə ə	u

★ One inch *is equivalent to* 2.54 centimeters.
1英吋等於2.54公分。

•be i** to

聽群組 CD2-32

be identical to
be indispensable to

聽片語 CD2-32

片語／中文解釋 — 首尾押韻／見字讀音／區分音節

be identical to
完全相同

be	i·de·n·ti·cal	to
i	aɪ ɛ ɪ k ḷ	u

★ Your jacket *is identical to* mine.
你的夾克和我那件一模一樣。

be indispensable to
不可缺少的

be	in·di·s·pe·n·sa·ble	to
i	ɪ ɪ ɛ ə ḷ	u

★ Water *is indispensable to* life.
水是生命中不可或缺的。

•be op** to

聽群組 CD2-33

be open to
be opposed to

聽片語
CD2-33

片語 / 中文解釋	首尾押韻 / 見字讀音 / 區分音節
be open to 可以、樂於接受	be · o · pe · n · to i · ə · u

★ This outline *is open to* further discussion.
這份提綱可以再更進一步討論。

be opposed to 強烈反對	be · o · ppo · se · d · to i · ə · x · z x · u

★ My mother *is* definitely *opposed to* making concessions on the marriage.
我的母親的確強烈拒絕在這件婚事上讓步。

•be p** to

聽群組
CD2-34

be peculiar to
be preferable to

聽片語
CD2-34

片語 / 中文解釋	首尾押韻 / 見字讀音 / 區分音節
be peculiar to 特有的、獨特	be · pe · cu · li · ar · to i · ɪ · kju · j · ɚ · u

★ This plant *is peculiar to* Africa.
這是非洲特有的一種植物。

be preferable to 更適宜的、更合意的	be · p · re · fe · ra · ble · to i · ɛ · ə · ə · l̩ · u

★ Traditional Chinese medicine *is preferable to* western medicine as regard to this disease.
對於這種病，中藥比西藥更為適宜。

B

•be s** to

聽群組 CD2-35

be specific to
be subject to

聽片語 CD2-35

片語 / 中文解釋	首尾押韻 / 見字讀音 / 區分音節
be specific to 僅限於...的、特定的	be | s · pe · ci · fi · c | to i | ɪ sɪ ɪ k | u

★ This disease *is specific to* males.
這種病只有男性會罹患。

be subject to 受...支配、取決於	be | su · b · je · c · t | to i | ʌ dʒɪ k | u

★ This contract *is subject to* local laws.
這份合約受地方法律管轄。

•be t** to

聽群組 CD2-36

be true to
be thankful to

聽片語 CD2-36

片語 / 中文解釋	首尾押韻 / 見字讀音 / 區分音節
be true to 忠貞的、忠誠的	be | t · ru · e | to i | x | u

★ He's always *true to* his word.
他一向信守諾言。

be thankful to 感激的、欣慰的	be · tha · n · k · fu · l · to i θ æ ŋ ə u

★ I'm very *thankful to* my parents.
我非常感激我的父母。

•be **ed to

聽群組 CD2-37

be married to
be devoted to

聽片語 CD2-37

片語／中文解釋	首尾押韻／見字讀音／區分音節
be married to 結婚的、已婚的	be · ma · rrie · d · to i æ x ɪ u

★ She *is married to* a disabled man.
她嫁給一個殘障人士。

be devoted to 全心全意的、忠實的	be · de · vo · te · d · to i ɪ ɪ u

★ She *is devoted to* her students.
她投注全部的心力在學生身上。

•be **ior to

聽群組 CD2-38

be junior to
be inferior to
be senior to
be superior to

B

聽片語
CD2-38

片語 / 中文解釋 | 首尾押韻 / 見字讀音 / 區分音節

be junior to
身份低、比...年齡小

be ju·ni·or to
i dʒ j ɚ u

★ A manager *is junior to* the board director in the company.
經理的職位比董事長低。

be inferior to
不如、差的、次要的

be in·fe·ri·or to
i ɪ ɪ ɪ ɚ u

★ This kind of cloth *is inferior to* that one.
這種布料不如另外那種。

be senior to
高於、比...年長的、資深的

be se·ni·or to
i i j ɚ u

★ A major *is senior to* a captain.
少校的官階高於上尉。

be superior to
優於、好的、等級高的

be su·pe·ri·or to
i ə ɪ ɪ ɚ u

★ I think their plan *is superior to* yours.
我認為他們的計畫比你們的好。

• be *** to do

聽群組
CD2-39

be bound to do
be unlikely to do
be sufficient to do

聽片語
CD2-39

片語 / 中文解釋	首尾押韻 / 見字讀音 / 區分音節
be bound to do 注定要做某事	be bou · n · d to do i aʊ u u

★ They are bound to meet each other again.
他們注定要再次相遇。

be unlikely to do 不可能做某事	be un · li · ke · ly to do i ʌ aɪ x ɪ u u

★ He is unlikely to go to a dance ball.
他不可能會進舞廳。

be sufficient to do 足夠的、充足的	be su · ffi · cie · n · t to do i ə xɪ ʃ ə u u

★ One dollar is sufficient to buy me lunch.
一美元夠我吃一頓午餐。

• be a** to do

聽群組
CD2-40

be apt to do
be anxious to do

聽片語
CD2-40

片語 / 中文解釋	首尾押韻 / 見字讀音 / 區分音節
be apt to do 易於做某事、傾向做某事	be ap · t to do i æ u u

★ Young people are apt to accepting new ideas.
年輕人容易接受新思想。

B

be anxious to do
渴望做某事

be	an·xiou·s	to	do
i	æŋ kʃ ə	u	u

★ I'm anxious to meet you.
我渴望見到你。

•be c** to do

聽群組
CD2-41

be curious to do
be compelled to do

聽片語
CD2-41

片語／中文解釋　首尾押韻／見字讀音／區分音節

be curious to do
渴望知道、好奇的

be	cu·ri·ous	to	do
i	kjʊ ɪ ə	u	u

★ Tell me more；I'm curious to know what's going on.
再多告訴我一些，我很想知道究竟發生什麼事。

be compelled to do
被迫做某事

be	co·m·pe·lle·d	to	do
i	kə ɛ xx	u	u

★ He is compelled to hand over the key to the door of the warehouse.
他被迫交出倉庫入口的鑰匙。

•be de** to do

聽群組
CD2-42

be destined to do
be determined to do

聽片語
CD2-42

片語 / 中文解釋	首尾押韻 / 見字讀音 / 區分音節
be destined to do 命中注定、預定	be · de · s · ti · ne · d · to · do i ɛ ɪ x u u

★ It seems they *are destined to get married*.
他們似乎命中注定要結為夫妻。

be determined to do 堅決做某事	be · de · ter · mi · ne · d · to · do i ɪ ɝ ɪ x u u

★ I*'m determined to accept his challenge*.
我下定決心接受他的挑戰。

• be e** to do

聽群組
CD2-43

be eager to do
be entitled to do
be expected to do

聽片語
CD2-43

片語 / 中文解釋	首尾押韻 / 見字讀音 / 區分音節
be eager to do 熱切渴望做某事	be · ea · ger · to · do i i ɚ u u

★ She *is eager to please her boss*.
她極力想討好上司。

be entitled to do 有資格、有權利做某事	be · en · ti · tle · d · to · do i ɪ aɪ l̩ t u u

★ Every student *is entitled to apply for a scholarship*.
每個學生都有權利申請獎學金。

B

be expected to do
被期待、被預料做某事

be	ex·pe·c·te·d	to	do
i	ɪks ɛ k ɪ	u	u

★ You *are expected to arrive here* 15 minutes before the meeting.
希望你在會議開始的前15分鐘就到這裡。

•be f** to do

聽群組 CD2-44

be fit to do
be forced to do

聽片語 CD2-44

片語／中文解釋　　首尾押韻／見字讀音／區分音節

be fit to do
可能做某事、準備做某事

be	fi·t	to	do
i	ɪ	u	u

★ She worked every day and *was fit to collapse*.
她每天都在工作，可能快要崩潰了。

be forced to do
被迫做某事

be	fo·r·ce·d	to	do
i	s x t	u	u

★ She *is forced to sign the contract*.
她被迫簽下合約。

•be re** to do

聽群組 CD2-45

be reluctant to do
be resolved to do

聽片語
CD2-45

片語 / 中文解釋	首尾押韻 / 見字讀音 / 區分音節
be reluctant to do 不情願的、勉強做某事	be re·lu·c·ta·n·t to do i ɪ ʌ k ə u u

★ She is very reluctant to admit she got divorced.
她非常不願意承認自己已經離婚。

be resolved to do 下定決心做某事	be re·so·l·ve·d to do i ɪ z ɑ x u u

★ I'm resolved to telling him the truth.
我下定決心要將真相告訴他。

• be w** to do

聽群組
CD2-46

be worthy to do
be welcome to do

聽片語
CD2-46

片語 / 中文解釋	首尾押韻 / 見字讀音 / 區分音節
be worthy to do 值得做某事	be wor·th y to do i ɜ ð ɪ u u

★ He is not worthy to be my friend.
他不配做我的朋友。

be welcome to do 可隨意做某事	be we·l·co·me to do i ɛ k ə x u u

★ You are welcome to use my dictionary.
你可以隨意使用我的字典。

B

• be **e to do

聽群組
CD2-47

be liable to do
be prone to do

聽片語
CD2-47

片語 / 中文解釋	首尾押韻 / 見字讀音 / 區分音節
be liable to do 有做某事的傾向	be | li · a · ble | to | do i | aɪ ə l̩ | u | u

★ Everyone *is liable to collapsing* in such a situation.
這種情況之下，誰都很有可能會崩潰。

be prone to do 易於做某事、很可能做某事	be | p · ro · ne | to | do i | x | u | u

★ One *is prone to make mistakes* when tired.
人在疲倦的時候做事情就很容易出錯

• be **ed to do

聽群組
CD2-48

be inclined to do
be obliged to do
be qualified to do

聽片語
CD2-48

片語 / 中文解釋	首尾押韻 / 見字讀音 / 區分音節
be inclined to do 有做某事的傾向	be | in · c · li · ne · d | to | do i | ɪ k aɪ x | u | u

★ They *are inclined to oppose this plan*.
他們傾向於反對這個計畫。

be obliged to do
有義務做某事

be · o · b · li · g e · d · to · do
i ə aɪ dʒ x u u

★ Parents are obliged to send their children to school.
父母有義務送子女入學。

be qualified to do
有資格、有權利做某事

be · q · u a · li · fi e · d · to · do
i k w ɑ ə aɪ u u

★ You are not qualified to vote since you're still under 20.
你還未滿20歲，所以沒有投票的資格。

•be **ing to do

聽群組 CD2-49

be dying to do
be unwilling to do

聽片語 CD2-49

片語 / 中文解釋 首尾押韻 / 見字讀音 / 區分音節

be dying to do
非常想做某事

be · dy · i · ng · to · do
i aɪ ɪ ŋ u u

★ I'm dying to know the patient's condition.
我非常想知道病人的狀況。

be unwilling to do
不願意做某事

be · un · wi · ll i · ng · to · do
i ʌ ɪ x ɪ ŋ u u

★ She is unwilling to go speak to him.
她不願意和他交談。

B

•be **d up with

聽群組 CD2-50

be fed up with
be bound up with

聽片語 CD2-50

片語 / 中文解釋	首尾押韻 / 見字讀音 / 區分音節
be fed up with 厭煩、厭倦	be fe·d up wi·th i ɛ ʌ ɪ ð

★ I'm really fed up with her nagging.
她的嘮叨真令我感到厭煩。

be bound up with 與...關係密切的	be bou·n·d up wi·th i aʊ ʌ ɪ ð

★ The interest of the individual is bound up with the interest of the nation.
個人利益與國家利益是緊緊相扣的。

•be con** with

聽群組 CD2-51

be concerned with
be confronted with

聽片語 CD2-51

片語 / 中文解釋	首尾押韻 / 見字讀音 / 區分音節
be concerned with 與...有關、涉及到...	be co·n·cer·ne·d wi·th i k ə s ɝ x ɪ ð

★ Her job is something concerned with car.
她的工作和汽車有關。

be confronted with
面臨、面對

be	co·n·f·ro·n·te·d	wi·th
i	kə ʌ ɪ	ɪ ð

★ We *are confronted with* the serious problem of unemployment.
我們正面臨嚴重的失業問題。

•be d** with

聽群組 CD3-1

be done with
be delighted with

聽片語 CD3-1

片語 / 中文解釋　首尾押韻 / 見字讀音 / 區分音節

be done with
與...再也沒有關係、做完的

be	do·ne	wi·th
i	ʌ x	ɪ ð

★ I've quit my job and now I*'m done with* that company.
我已經辭職，與那家公司再無任何瓜葛。

be delighted with
非常高興、愉快的

be	de·li·gh·te·d	wi·th
i	ɪ aɪ x ɪ	ɪ ð

★ We *are* all *delighted with* your success.
我們對於你的成功感到非常高興。

•be e** with

聽群組 CD3-2

be equipped with
be economical with

B

聽片語
CD3-2

片語 / 中文解釋	首尾押韻 / 見字讀音 / 區分音節
be equipped with 裝備、配備	be e·q·ui·ppe·d wi·th i ɪ k wɪ x x t ɪ ð

★ Our office *is equipped with* three computers.
我們辦公室配備有三台電腦。

be economical with 節約、節儉	be e·co·no·mi·cal wi·th i ɪ kə ɑ ɪ k l̩ ɪ ð

★ My grandma *is* very *economical with* oil when cooking.
我奶奶燒菜時用油很省。

•be imp** with

聽群組
CD3-3

be im**patient** with
be im**pressed** with

聽片語
CD3-3

片語 / 中文解釋	首尾押韻 / 見字讀音 / 區分音節
be impatient with 不耐煩	be im·pa·tie·n·t wi·th i ɪ e ʃ ə ɪ ð

★ He *is impatient with* the students who are slow to understand.
對於那些理解力較慢的學生，他顯得很不耐煩。

be impressed with 欽佩起敬、印象深刻	be im·p·re·sse·d wi·th i ɪ ɛ x x t ɪ ð

★ I*'m impressed with* her diligence.
我對於她的勤奮刻苦感到敬佩。

•be o** with

聽群組
CD3-4

be occupied with
be obsessed with

聽片語
CD3-4

片語／中文解釋	首尾押韻／見字讀音／區分音節
be occupied with 忙碌於某事	be · o · c c u · pie · d wi · th i ɑ k x jʊ aɪ ɪ ð

★ He's *been occupied with* the organization of a meeting recently.
他最近忙於一項會議的編制工作。

be obsessed with 牽掛、著迷、困擾	be ob · se · ss e · d wi · th i ə ɛ x x t ɪ ð

★ She *is obsessed with* the fear that she might soon be sacked.
她老是害怕自己很快會被解雇。

•be s** with

聽群組
CD3-5

be strict with
be stuck with
be satisfied with

聽片語
CD3-5

片語／中文解釋	首尾押韻／見字讀音／區分音節
be strict with 嚴格、嚴厲	be s · t · ri · c · t wi · th i ɪ k ɪ ð

★ My father *is* very *strict with* me.
我父親對我非常嚴格。

B

be stuck with
無法擺脫、承擔

be	s · tu · ck	wi · th
i	ʌ k	ɪ ð

★ I was stuck with my younger sister the whole day yesterday.
昨天我被妹妹纏了一整天。

be satisfied with
滿意

be	sa · ti · s · fie · d	wi · th
i	æ ɪ aɪ	ɪ ð

★ We are all satisfied with the results of your examination.
我們都對你的考試成績感到滿意。

•be **ed with

聽群組
CD3-6

be gifted with
be bored with
be acquainted with

聽片語
CD3-6

片語／中文解釋　　首尾押韻／見字讀音／區分音節

be gifted with
有...的天賦

be	gi · f · te · d	wi · th
i	ɪ ɪ	ɪ ð

★ My sister is gifted with a great musical ability.
我妹妹極有音樂天賦。

be bored with
厭煩、厭倦

be	bo · re · d	wi · th
i	ɚ	ɪ ð

★ I've long been bored with his questions.
我早就對他的問題感到厭倦。

be acquainted with 認識、熟悉、瞭解

be	a·cq·u ai·n·te·d	wi·th
i	ə k w e ɪ	ɪ ð

★ I'm not *acquainted with* him.
我不認識他。

•beyond **tion

聽群組 CD3-7

beyond question
beyond description

聽片語 CD3-7

片語 / 中文解釋 首尾押韻 / 見字讀音 / 區分音節

beyond question 毫無疑問地

be·yo·n·d	q·ue·s·tio·n
ɪ j ɑ	k wɛ tʃ ə

★ It's *beyond question* that John has no interest in this job at all.
毫無疑問，約翰對這份工作絲毫不感興趣。

beyond description 難以形容的

be·yo·n·d	de·s·c·ri·p·tio·n
ɪ jɑ	ɪ k ɪ ʃ ə

★ The beach was beautiful *beyond description*.
海灘美得難以形容。

•break one's ***

聽群組 CD3-8

break one's neck
break one's heart

聽片語
CD3-8

片語 / 中文解釋	首尾押韻 / 見字讀音 / 區分音節
break one's neck 拼命做某事	b·rea·k o·ne'·s ne·ck e wʌ x ɛ k

★ I'm *breaking my neck* to finish the work.
我正拼命完成這項工作。

break one's heart 傷心	b·rea·k o·ne'·s hea·r·t e wʌ x x ɑ

★ It *breaks my heart* to hear him moaning.
聽到他的呻吟聲，令我非常傷心。

• by ＊＊＊

聽群組
CD3-9

by air
by birth
by degrees
by profession

聽片語
CD3-9

片語 / 中文解釋	首尾押韻 / 見字讀音 / 區分音節
by air 透過航空途徑、坐飛機	by air aɪ ɛ

★ We decided to send the goods *by air* in order to save time.
為了節省時間，我們決定以空運的方式寄送貨品。

by birth 家庭出身、門第	by bir·th aɪ ɝ θ

★ He was a noble *by birth* but was reduced to a beggar.
他是貴族出身，卻淪為乞丐。

by degrees
逐漸地

by · de · g · ree · s
aɪ ɪ i

★ *By degrees* they became very good friends.
他們漸漸成為好朋友。

by profession
職業

by · p · ro · fe · s sio · n
aɪ ə ɛ x ʃ ə

★ I'm a lawyer *by profession*.
我的職業是律師。

• by c**

聽群組 CD3-10

by choice
by contrast
by coincidence

聽片語 CD3-10

片語／中文解釋　首尾押韻／見字讀音／區分音節

by choice
出於自己的選擇

by · cho · ic · e
aɪ tʃ ɔ ɪ s x

★ I took the most difficult part of this experiment *by choice*.
我自己選擇了做這個實驗中最難的部分。

by contrast
相比、對比

by · co · n · t · ra · s · t
aɪ k ɑ æ

★ Tom is very brave, but his brother, *by contrast*, is a coward.
湯姆很勇敢，相較之下，他弟弟則是個懦夫。

by coincidence
碰巧、巧合

by · co · in · ci · de · n · ce
aɪ k ɪ s ɪ ə s x

B

★ *By coincidence* his suggestion happens to be the same as mine.
他的提議碰巧與我的相同。

• by h**

聽群組 CD3-11

by half
by halves

聽片語 CD3-11

片語 / 中文解釋	首尾押韻 / 見字讀音 / 區分音節
by half 過於、相當地、非常	by (aɪ) h a (æ) · l (x) · f

★ This coat is too large *by half* for me.
這件大衣對我來說過大。

by halves 半途而廢、不完全地	by (aɪ) h a (æ) · l (x) · ve (x) · s (z)

★ You will achieve nothing if you always do things *by halves*.
如果你做事老是半途而廢，你將一事無成。

• by n**

聽群組 CD3-12

by now
by name

聽片語 CD3-12

片語 / 中文解釋	首尾押韻 / 見字讀音 / 區分音節
by now 到目前為止、迄今	by (aɪ) n ow (aʊ)

★ You should've finished your homework by now !
你現在早該做完功課了！

by name 名叫、名為	by · na · me aɪ e x

★ He's Peter by name.
他的名字叫做彼得。

•by the ***

聽群組 CD3-13

by the dozen
by the numbers

聽片語 CD3-13

片語 / 中文解釋	首尾押韻 / 見字讀音 / 區分音節
by the dozen 論打計算	by · the · do · zen aɪ ð ə ʌ n̩

★ This kind of toothbrush is sold by the dozen in the supermarkets.
這種牙刷在超市是以一打12支來販售。

by the numbers 根據數字順序的指示	by · the · nu · m · ber · s aɪ ð ə ʌ ɚ

★ The soldiers are walking by the numbers.
士兵們邊報數邊行進。

•b** down

聽群組 CD3-14

burn down
bring down

B

聽片語
CD3-14

片語 / 中文解釋	首尾押韻 / 見字讀音 / 區分音節
burn down 完全燒毀、燒光	b·ur·n dow·n ɜ aʊ

★ The castle was *burnt down* in a big fire.
城堡在一場大火中完全地被燒毀。

bring down 打倒、使失敗	b·ri·ng dow·n ɪ ŋ aʊ

★ A financial crisis *brought down* the government.
一場金融危機導致政府垮台。

• b** for

聽群組
CD3-15

bound for
bargain for

聽片語
CD3-15

片語 / 中文解釋	首尾押韻 / 見字讀音 / 區分音節
bound for 準備前往、去	b·ou·n·d fo·r aʊ ɔ

★ Where are you *bound for*?
你要去哪裡？

bargain for 討價還價、洽談	b·a·r·gai·n fo·r ɑ ɪ ɔ

★ They are *bargaining for* a new car.
他們正為一輛新車討價還價。

• b** on

聽群組
CD3-16

bear on
bring on

聽片語
CD3-16

片語 / 中文解釋	首尾押韻 / 見字讀音 / 區分音節
bear on 與...有關、對...有影響	bea · r on ɛ ɑ

★ Taxes have a *bearing on* the welfare of the community.
稅收與社會福利息息相關。

bring on 導致、引起	b · ri · ng on ɪ ŋ ɑ

★ Poor harvests *bring on* the rising of grain prices.
糧食歉收導致糧價上漲。

• be** oneself

聽群組
CD3-17

behave oneself
beside oneself

聽片語
CD3-17

片語 / 中文解釋	首尾押韻 / 見字讀音 / 區分音節
behave oneself 注意舉止、表現良好	be · ha · ve o · ne · se · l · f ɪ e x wʌ x ɛ

★ Please *behave yourself* ; it's not your own home.
請注意你的言行舉止，這裡可不是你家。

beside oneself
過於激動而失去自制力

be·si·de o·ne·se·l·f
ɪ aɪ x wʌ x ɛ

★ He was *beside himself* with anger when he found someone had used his computer.
他發現有人用過他的電腦，因而勃然大怒。

●＊＊＊ back

聽群組
CD3-18

cut back
fall back
hold back
draw back
keep back

聽片語
CD3-18

片語／中文解釋 　首尾押韻／見字讀音／區分音節

cut back
大量削減

cu·t ba·ck
k ʌ æ k

★ We are *cutting back* on our expenditure.
我們正在大幅削減開支。

fall back
後退、退卻

fa·ll ba·ck
ɔ x æ k

★ We should go on advancing when the enemy is *falling back*.
當敵軍後退時，我方應繼續前進。

hold back
退縮、隱瞞、抑制

ho·l·d ba·ck
æ k

★ She *held back* when we asked her where she had been.
當我們問起她去哪裡，她畏畏縮縮不願意回答。

draw back
取消、撤回

d · raw ba · ck
ɔ æ k

★ Why did you *draw back* your visa application ?
你為何撤回你的簽證申請？

keep back
將一部分扣留

kee · p ba · ck
i æ k

★ She was angry that her boss *kept back* her last month's salary.
老闆扣了她上個月的薪水令她十分生氣。

●＊＊＊ back to

聽群組 CD3-19

date back to
talk back to

聽片語 CD3-19

片語／中文解釋	首尾押韻／見字讀音／區分音節
date back to 自...存在至今、可追溯到	da · te ba · ck to e x æ k u

★ This custom *dates back to* the Tang dynasty.
這個習俗自唐朝開始存在至今。

talk back to 頂嘴、回嘴	ta · l · k ba · ck to ɔ x æ k u

★ How dare you *talk back to* me !
你竟敢和我頂嘴！

B

●✱✱✱ behind

聽群組 CD3-20

get behind
run behind

聽片語 CD3-20

片語 / 中文解釋	首尾押韻 / 見字讀音 / 區分音節
get behind 落後、拖延、看穿內幕	ge · t be · hi · n · d ɛ ɪ aɪ

★ He's *getting behind* with his study.
他的學習進度落後。

run behind 落後於時刻表	ru · n be · hi · n · d ʌ ɪ aɪ

★ The plane is *running behind* schedule.
飛機誤點了。

●✱✱✱ by

聽群組 CD3-21

lay by
stop by
come by
abide by

聽片語 CD3-21

片語 / 中文解釋	首尾押韻 / 見字讀音 / 區分音節
lay by 儲蓄、把...留待後用	lay by e aɪ

★ We are *laying by* a part of our salary for buying a new car.
我們存下部分薪水來買新車。

stop by
串門子

s·to·p	by
ɑ	aɪ

★ *Stop by* when you are free; you are always welcome !
有空來走走，隨時歡迎你來！

come by
得到某事物

co·me	by
k ʌ x	aɪ

★ I have now realized that money is hard to *come by*.
我現在終於明白錢並不好賺。

abide by
遵守、忠於、承受

a·bi·de	by
ə aɪ x	aɪ

★ Everyone, noble or humble, should *abide by* the law.
法律之前不分貴賤，每個人都應該守法。

C

• call A to ＊＊＊

聽群組 CD3-22

call A to mind
call A to order

聽片語 CD3-22

片語 / 中文解釋	首尾押韻 / 見字讀音 / 區分音節
call A to mind 想起A	ca·ll A to mi·n·d kɔ x u aɪ

★ I haven't seen him for many years and can't *call his name to mind* at the moment.
我已經很多年沒有見過他了，一時想不起他的名字來。

call A to order 要求某人安靜	ca·ll A to or·der kɔ x u ɔ ɚ

★ The presider *calls the audience to order* and announces the commencement of the party.
主持人讓觀衆們安靜下來，宣佈晚會正式開始。

• catch a ＊＊＊

聽群組 CD3-23

catch a glance at
catch a glimpse of

聽片語 CD3-23

片語 / 中文解釋	首尾押韻 / 見字讀音 / 區分音節
catch a glance at 看一眼	ca·tch a g·la·n·ce at kæ tʃ ə æ s x æ

★ She *caught a glance at* the ruby ring displayed in the counter and left.
她看了一眼放在櫃檯裡的紅寶石戒指然後走了。

catch a glimpse of 一眼瞥見	ca·tch a g·li·m·p·se of kæ tʃ ə ɪ x ɑv

★ The girl *catches a glimpse of* her boyfriend at the railway station exit.
女孩在火車站出站口一眼就瞥見了她的男朋友。

•come down ***

聽群組 CD3-24

come down
come down **with**

聽片語 CD3-24

片語 / 中文解釋	首尾押韻 / 見字讀音 / 區分音節
come down 倒塌、流傳下來	co·me dow·n kʌ x aʊ

★ Many buildings *came down* in this earthquake.
在這次地震中許多建築物都倒塌了。

come down with 因某病而病倒	co·me dow·n wi·th kʌ x aʊ ɪ ð

★ Jack *came down with* fever and can't go to school today.
傑克今天發燒不能去上學了。

•come home ***

聽群組 CD3-25

come home
come home **to**

聽片語
CD3-25

片語／中文解釋	首尾押韻／見字讀音／區分音節
come home 回家	co·me ho·me k ʌ x x

★ His father told him to *come home* before 9 o'clock.
他爸爸要他在九點之前回家。

come home to 被完全理解	co·me ho·me to k ʌ x x u

★ The truth of the professor's speech finally *came home to* us.
我們終於理解了教授那一席話的真諦。

•come into ***

聽群組
CD3-26

come into play
come into view
come into being

聽片語
CD3-26

片語／中文解釋	首尾押韻／見字讀音／區分音節
come into play 開始起作用	co·me in·to p·lay k ʌ x ɪ u e

★ The new economic policy will *come into play* next month.
新的經濟政策下個月開始生效。

come into view 看得見	co·me in·to view k ʌ x ɪ u ju

★ The fog dispersed and the mountains in the distance gradually *came into view*.
霧散了，遠處的山漸漸可以看得見了。

come into being 形成、開始存在	co·me in·to be·i·ng kʌ x ɪ u ɪ ɪ ŋ

★ Do you know when human beings *came into being* ?
你知道人類從什麼時候開始存在嗎？

•come into **e

聽群組 CD3-27

come into use
come into notice

聽片語 CD3-27

片語／中文解釋	首尾押韻／見字讀音／區分音節
come into use 開始被使用	co·me in·to us·e kʌ x ɪ u juz x

★ The system *came into use* last year.
這個系統是從去年開始啓用的。

come into notice 引起注意	co·me in·to no·ti·ce kʌ x ɪ u ɪ s x

★ The vase with the unique shape in the art museum has *come into notice*.
藝術博物館中那只造型獨特的花瓶引起了人們的注意。

C

• come to ***

聽群組
CD3-28

come to light
come to pass
come to a halt

聽片語
CD3-28

片語 / 中文解釋	首尾押韻 / 見字讀音 / 區分音節
come to light 顯露、為人所知	co·me to li·gh·t k ʌ x u aɪ x

★ The result of the election has just *come to light*.
選舉的結果現在才揭曉。

come to pass 實現、發生	co·me to pa·ss k ʌ x u æ x

★ Your dream is bound to *come to pass* as long as you work hard now.
只要你現在努力學習，夢想就一定會實現的。

come to a halt 停止前進、暫停	co·me to a ha·l·t k ʌ x u ə ɔ

★ The project *came to a halt* because of lack of funds.
由於資金不足而導致工程暫停。

• co** A to B

聽群組
CD3-29

confine A to B
conform A to B
contribute A to B
compare A to B

聽片語
CD3-29

片語／中文解釋 首尾押韻／見字讀音／區分音節

confine A to B
把A限制在B的範圍之內

co·n·fi·ne A to B
kə aɪ x u

★ Don't *confine your attainment of knowledge to books* only.
不要把你的知識面僅僅限制在書本內。

conform A to B
使A與B相一致

co·n·fo·r·m A to B
kə ɔ u

★ Every citizen should *conform his behavior to be within the law*.
每個公民都應使自己的行為與法律相一致。

contribute A to B
把A貢獻給B

co·n·t·ri·bu·te A to B
kə ɪ ju x u

★ The scientist *contributed all his life to missile research*.
那位科學家把畢生的精力都獻給了導彈研究事業。

compare A to B
把A比作B

co·m·pa·re A to B
kə ɛ x u

★ People often *compare teachers to candles*.
人們常常把老師比做蠟燭。

•c** A of B

聽群組 CD3-30

cure A of B
clear A of B
convince A of B

聽片語 CD3-30

C

片語 / 中文解釋	首尾押韻 / 見字讀音 / 區分音節
cure A of B 治癒、矯正	c u · re A of B kju x ɑv

★ The doctor *cured him of his arthritis* by acupuncture.
醫生用針灸治好了他的關節炎。

clear A of B 從A中移走B	c · lea · r A of B k ɪ ɑv

★ The waitress *clears the table of the dishes* as soon as the guests leave.
客人一走，服務員就把桌子清理乾淨了。

convince A of B 使某人相信	co · n · vi · n · ce A of B kə ɪ s x ɑv

★ How can you *convince me of what you said*?
你如何使我相信你說的話呢？

•con** A on B

聽群組 CD3-31

concentrate A on B
congratulate A on B

聽片語 CD3-31

片語 / 中文解釋	首尾押韻 / 見字讀音 / 區分音節
concentrate A on B 全神貫注於某事	co · n · ce · n · t · ra · te A on B kɑ sɛ e x ɑ

★ He *concentrated himself on reading the detective novel* and didn't hear his mother call him at all.
他全神貫注地看偵探小說，根本沒有聽見媽媽叫他。

congratulate A on B 祝賀某人某事	co · n · g · ra · tu · la · te A on B kə æ tʃə e x ɑ

★ Many of his friends come to ***congratulate him on winning the first prize*** in the singing competition.
許多朋友都前來祝賀他在歌唱比賽中獲得了第一名。

•cha** A with B

聽群組 CD3-32

charge A with B
change A with B

聽片語 CD3-32

片語／中文解釋	首尾押韻／見字讀音／區分音節
charge A with B 以某事指控某人	cha·r·ge A wi·th B tʃ ɑ dʒ x ɪ ð

★ The plaintiff ***charges the defendant with theft***.
原告以盜竊罪指控被告。

片語／中文解釋	首尾押韻／見字讀音／區分音節
change A with B 用A交換B	cha·n·ge A wi·th B tʃ e dʒ x ɪ ð

★ Tom wants to ***change his bicycle with Jorge's ice skates***.
湯姆想用他的自行車交換喬治的溜冰鞋。

•co** A with B

聽群組 CD3-33

confuse A with B
compare A with B

聽片語 CD3-33

片語／中文解釋 首尾押韻／見字讀音／區分音節

confuse A with B
將A與B混淆

co·n·fu·se A wi·th B
kə ju z x ɪ ð

★ Beginners tend to *confuse French words with English words* for they are too much alike.
初學者很容易把法語單字和英語單字混淆，因為他們太相似了。

compare A with B
把A和B相比較

co·m·pa·r e A wi·th B
kə ɛ x ɪ ð

★ You'll find the quality of this green skirt is better if you *compare it with that black one*.
和那條黑裙子相比較，你會發現這條綠裙子的質料比較好。

•c** away

聽群組
CD3-34

come away
clear away

聽片語
CD3-34

片語／中文解釋 首尾押韻／見字讀音／區分音節

come away
脫離

co·me a·way
kʌ x ə e

★ The moth finally *comes away* from the cocoon.
飛蛾最後終於從繭中脫離出來了。

clear away
移走某物件留出空間

c·lea·r a·way
k ɪ ə e

★ She helps her mother *clear away* the dishes from the table after lunch.
午飯後她幫助媽媽把桌子收拾乾淨。

• C** off

聽群組 CD3-35

call off
come off

聽片語 CD3-35

片語 / 中文解釋	首尾押韻 / 見字讀音 / 區分音節
call off 取消、放棄	ca·ll of·f k ɔ x ɔ x

★ The two parties have agreed to *call off* the agreement between them.
雙方已經同意取消他們之間的協定。

come off 成功、表現、舉行	co·me of·f k ʌ x ɔ x

★ His plan to finish the new novel by the end of this year nearly *came off*.
他打算今年年底完成這部新的小說的計畫就快成功了。

• C** on

聽群組 CD3-36

carry on
congratulations on

聽片語 CD3-36

片語 / 中文解釋	首尾押韻 / 見字讀音 / 區分音節
carry on 繼續做某事	ca·rry on k æ x ɪ ɑ

★ The workers *carry on* transporting the blocks in spite of the heavy rain.
儘管雨下得很大，工人們仍繼續搬運磚塊。

C

congratulations on
恭喜、祝賀

co·n·g·ra·tu·la·tio·n·s on
k ə æ tʃə e ʃə z ɑ

★ *Congratulations on* winning the first prize in this swimming contest.
恭喜你在這次游泳比賽中獲得了第一名。

•c** one's + 身體器官

聽群組 CD3-37

clear one's throat
catch one's eye

聽片語 CD3-37

片語 / 中文解釋 首尾押韻 / 見字讀音 / 區分音節

clear one's throat
清清嗓子

c·lea·r o·ne'·s th·roa·t
k ɪ wʌ x θ o

★ The chairman *clears his throat* and begins the speech.
主席清了清嗓子開始演講。

catch one's eye
吸引某人注意力

ca·tch o·ne'·s ey·e
kæ tʃ wʌ x aɪ x

★ A big poster outside the door of the shop *catches the passers' eyes*.
商店門前一張巨幅海報吸引了路人的注意力。

•com** of

聽群組 CD3-38

come of
complain of

聽片語 CD3-38

片語 / 中文解釋	首尾押韻 / 見字讀音 / 區分音節
come of 是某事物的結果	co · me ⁞ of kʌ x ⁞ ɑv

★ An increase in global temperature is what *comes of* atmospheric pollution.
全球升溫是大氣污染的結果。

complain of 抱怨	co · m · p · lai · n ⁞ of kə e ⁞ ɑv

★ The customer *complains of* the bad quality of these goods.
顧客們抱怨這些產品的品質太差。

•con** to

聽群組 CD3-39

consent to
contrary to
contribute to

聽片語 CD3-39

片語 / 中文解釋	首尾押韻 / 見字讀音 / 區分音節
consent to 同意	co · n · se · n · t ⁞ to kə ɛ ⁞ u

★ Her mother has *consented to* her taking part in the ball this weekend.
媽媽已經同意她參加這個週末的舞會了。

contrary to 違反某事物、抵抗	co · n · t · ra · ry ⁞ to kɑ ɛ ɪ ⁞ u

★ *Contrary to* his wife's advice, he still indulges in drinking.
他不聽從妻子的建議，仍然繼續酗酒。

C

contribute to
促成某事物、捐助

co · n · t · ri · bu · te	to
kə · · · ɪ · ju · x	u

★ The restrictions of the old system *contribute to* the present economic recession.
舊的體制的束縛導致目前經濟的衰退。

•co ** with

聽群組 CD3-40

cope with
coincide with

聽片語 CD3-40

片語／中文解釋　　首尾押韻／見字讀音／區分音節

cope with
對付、處理

co · pe	wi · th
k · x	ɪ · ð

★ We must *cope with* the difficulties courageously and not avoid them.
我們應當勇敢地應對困難，而不是逃避困難。

coincide with
與...相符

co · in · ci · de	wi · th
k · ɪ · saɪ · x	ɪ · ð

★ The testimony of the witness *coincides with* the fact.
證人的證詞與事實相符。

•comp** with

聽群組 CD3-41

comply with
compete with

聽片語 CD3-41

片語 / 中文解釋	首尾押韻 / 見字讀音 / 區分音節
comply with 遵守、服從	co · m · p · ly wi · th kə aɪ ɪ ð

★ All the members must *comply with* the rules of the club.
所有會員都必須遵守俱樂部的規章制度。

compete with 競爭、對抗、比賽	co · m · pe · te wi · th kə i x ɪ ð

★ The two powers *compete with* each other to get an upper hand in the armament race.
兩個大國互相競爭，為的是在軍備方面占上風。

• * * * certain

聽群組 CD3-42

for certain
make certain

聽片語 CD3-42

片語 / 中文解釋	首尾押韻 / 見字讀音 / 區分音節
for certain 確定地、無疑地	fo · r ce r · tai · n ɔ s ɝ ə

★ He said *for certain* that he wasn't on the spot at that moment.
他很肯定地說他當時不在現場。

make certain 弄清楚、弄明白	ma · ke ce r · tai · n e x s ɝ ə

★ Manufacturers should *make certain* what customers need to avoid unnecessary losses.
生產者應該弄清楚顧客的需求以避免不必要的損失。

C

●＊＊＊ charge of

聽群組
CD3-43

take charge of
on a charge of

聽片語
CD3-43

片語／中文解釋	首尾押韻／見字讀音／區分音節
take charge of 負責某事物、控制、掌管	ta·ke cha·r·ge of e x tʃ ɑ ʤ x ɑ v

★ Mary *takes charge of* the sales department of the company.
瑪麗負責管理公司的銷售部。

on a charge of 因為犯...罪	on a cha·r·ge of ɑ ə tʃ ɑ ʤ x ɑ v

★ He was sentenced to death *on a charge of* murder.
他因犯謀殺罪而被判死刑。

•die ＊＊＊

聽群組
CD3-44

die of
die out
die from
die away

聽片語
CD3-44

片語 / 中文解釋	首尾押韻 / 見字讀音 / 區分音節
die of 死於身體內在因素	di · e ｜ of aɪ x ｜ ɑ v

★ Many poor people *died of* starvation during the three years of natural disaster.
那三年天災當中許多窮人死於饑餓。

die out 滅絕、逐漸消失	di · e ｜ ou · t aɪ x ｜ aʊ

★ Some rare animals have nearly *died out* nowadays.
現在一些稀有動物已經瀕臨絕種。

die from 死於外來原因	di · e ｜ f · ro · m aɪ x ｜ ɑ

★ Her husband *died from* a traffic accident last month.
她的丈夫上個月死於一場交通事故。

die away 逐漸止息、減弱、淡化	di · e ｜ a · way aɪ x ｜ ə e

★ The noise of the steam whistle *died away* in the distance.
汽笛聲逐漸消失在遠方。

D

• do A ＊＊＊

聽群組 CD3-45

do A harm
do A injury
do A justice

聽片語 CD3-45

片語 / 中文解釋	首尾押韻 / 見字讀音 / 區分音節
do A harm 對A有害	do (u) A ha·r·m (ɑ)

★ Watching TV for too long will *do your eyes harm*.
長時間看電視對眼睛有害。

do A injury 對A造成傷害	do (u) A in·ju·ry (ɪ dʒə ɪ)

★ Excessive drinking will *do your liver injury*.
過度飲酒會對你的肝臟造成損害。

do A justice 公平對待	do (u) A ju·s·ti·ce (dʒʌ ɪ s x)

★ To *do him justice*, he is innocent in this event.
公平地來說，他在這個事件中是無辜的。

• d＊＊ A to B

聽群組 CD3-46

direct A to B
devote A to B

聽片語
CD3-46

片語 / 中文解釋	首尾押韻 / 見字讀音 / 區分音節
direct A to B 使某人注意自己說的話或做的事	di·re·c·t A to B ə ɛ k u

★ The guide *directs the visitors to the Eiffel Tower*.
導遊將遊客的注意力拉到艾菲爾鐵塔的身上。

devote A to B 為...付出時間或精力	de·vo·te A to B ɪ x u

★ The old teacher *devotes all his life to education*.
那位年邁的教師把一生都貢獻給教育事業。

•dr ** a line

聽群組
CD3-47

draw a line
drop A a line

聽片語
CD3-47

片語 / 中文解釋	首尾押韻 / 見字讀音 / 區分音節
draw a line 畫一條線	d·raw a li·ne ɔ ə aɪ x

★ Try to find as many key points as you can in this paragraph and *draw a line* under it.
儘可能在這個段落找出重點並在下面畫線。

drop A a line 給某人寫信	d·ro·p A a li·ne ɑ ə aɪ x

★ *Drop me a line* when you arrive in London.
當你抵達倫敦就寫封信給我吧。

• dr * * out

聽群組
CD3-48

draw out
drop out

聽片語
CD3-48

片語 / 中文解釋	首尾押韻 / 見字讀音 / 區分音節
draw out 延長、取出	d · raw ou · t ɔ aU

★ The spokesman *drew out* the meeting for more than an hour.
發言人將會議延長一個多小時。

drop out 退出、脫離	d · ro · p ou · t ɑ aU

★ The boy *dropped out* of school because of lack of money.
那個男孩因為缺錢而輟學。

• * * * date

聽群組
CD3-49

to date
up to date
out of date

聽片語
CD3-49

片語 / 中文解釋	首尾押韻 / 見字讀音 / 區分音節
to date 到目前為止、至今	to da · te u e x

★ This is the biggest lizard we have seen *to date*.
這是目前為止我們所見過最大的蜥蜴。

up to date
時髦的、現代的

up	to	da · te
ʌ	u	e x

★ The cute girl has a lot of beautiful *up to date* clothes.
那名可愛的女孩有許多時髦的漂亮衣裳。

out of date
過期的、過時的、失效的

ou · t	of	da · te
aʊ	ɑ v	e x

★ This membership card will be *out of date* this December.
這張會員卡今年十二月就會過期。

●＊＊＊ doing

聽群組 CD3-50

avoid doing
regret doing

聽片語 CD3-50

片語／中文解釋　首尾押韻／見字讀音／區分音節

avoid doing
避免做某事

a · vo · id	do · i · ng
ə ɔ ɪ	u ɪ ŋ

★ We must *avoid making the same mistake again* in the future.
我們必須避免今後再犯相同的錯誤。

regret doing
後悔做過某事

re · g · re · t	do · i · ng
ɪ ɛ	u ɪ ŋ

★ He *regrets missing this precious job opportunity* very much.
他非常後悔錯過這次珍貴的工作機會。

D

●＊＊＊ down

聽群組
CD4-1

pass down
tear down

聽片語
CD4-1

片語／中文解釋	首尾押韻／見字讀音／區分音節
pass down 一代傳給下一代	pa · ss ｜ dow · n æ　x　aʊ

★ Good traditions should be *passed down* from one generation to another.
優良傳統應該代代相傳。

tear down 拆除、弄倒	tea · r ｜ dow · n ɛ　aʊ

★ The workers are *tearing down* these old factory workshops. 工人們正在拆除這些老舊的廠房。

●＊＊ll down

聽群組
CD4-2

pull down
call down

聽片語
CD4-2

片語／中文解釋	首尾押韻／見字讀音／區分音節
pull down 拆毀	pu · ll ｜ dow · n ʊ　x　aʊ

★ The house she used to live in during her childhood was *pulled down* last year.
她小時侯住的那間屋子去年已經拆除。

call down
嚴厲斥責

ca·ll dow·n
k ɔ x aʊ

★ The father *calls down* his son for lying.
父親嚴厲斥責兒子撒謊的行徑。

•**t down

聽群組
CD4-3

put down
let down
set down
hunt down

聽片語
CD4-3

片語 / 中文解釋	首尾押韻 / 見字讀音 / 區分音節
put down 放下	pu·t dow·n ʊ aʊ

★ I won't let you go unless you *put down* your arms.
放下武器我就讓你走。

let down 讓某人失望	le·t dow·n ɛ aʊ

★ He became an outstanding athlete finally and didn't *let* his parents *down*.
他最後終於成為一名傑出的運動員，沒有讓父母失望。

set down 將某事記下來	se·t dow·n ɛ aʊ

★ You can *set down* the focal points while doing listening exercises.
做聽力練習的時候你可以把重點記錄下來。

hunt down
對某事或某人窮追到底

hu · n · t | dow · n
ʌ | aʊ

★ The environment protection committee has decided to *hunt down* the cause of the pollution.
環境保育委員會決定針對這次污染事件追查到底。

•**e down to

聽群組 CD4-4

be down to
come down to

聽片語 CD4-4

片語／中文解釋　首尾押韻／見字讀音／區分音節

be down to
依賴某人

be | dow · n | to
i | aʊ | u

★ It*'s down to* the husband to keep the whole family since his wife was laid off.
自從妻子被解雇後，就靠丈夫來養家糊口。

come down to
一代傳一代

co · me | dow · n | to
k ʌ x | aʊ | u

★ This exquisite vase *comes down to* us from our forefathers.
這個精緻的花瓶是我們的祖先流傳下來的。

•**t down to

聽群組 CD4-5

sit down to
get down to

聽片語 CD4-5

片語 / 中文解釋	首尾押韻 / 見字讀音 / 區分音節
sit down to 坐下來做某事	si · t ¦ dow · n ¦ to ɪ ¦ aʊ ¦ u

★ Let's *sit down to* discuss our working plan for the next stage.
讓我們坐下來商討下一個階段的工作計畫。

get down to 開始做某事	ge · t ¦ dow · n ¦ to ɛ ¦ aʊ ¦ u

★ The organization committee *gets down to* assign the tasks for the opening ceremony tomorrow morning.
籌委會開始分配明天早上開幕式的各項事務。

•e** A to B

聽群組
CD4-6

entrust A to B
expose A to B

聽片語
CD4-6

片語／中文解釋　首尾押韻／見字讀音／區分音節

entrust A to B
將A委託給B

en·t·ru·s·t A to B
ɪ ʌ u

★ The woman *entrusts her cat to her neighbor* for two days.
那名婦人把貓咪託付給鄰居兩天。

expose A to B
顯露、暴露

ex·po·se A to B
ɪ ks z x u

★ The spy will *expose his evil intention to the public* one day.
間諜總有一天會將他的不良意圖公諸於衆的。

•en** A to do

聽群組
CD4-7

enable A to do
encourage A to do

聽片語
CD4-7

片語／中文解釋　首尾押韻／見字讀音／區分音節

enable A to do
使某人能夠做某事

en·a·ble A to do
ɪ e l̩ u u

★ This position *enables him to develop his potential to the most*.
這份職務使他能夠發揮潛力的極致。

encourage A to do 鼓勵某人做某事	en·cour·ag·e A to do ɪ k ɝ ɪ dʒ x u u

★ Mum always *encourages me to stick it out to the end* no matter what difficulties I encounter while studying.
媽媽鼓勵我不論學習上遭遇什麼樣的困難都要堅持到底。

•en** A with B

聽群組 CD4-8

endow A with B
entrust A with B

聽片語 CD4-8

片語 / 中文解釋	首尾押韻 / 見字讀音 / 區分音節
endow A with B 將B賦予A	en·dow A wi·th B ɪ aʊ ɪ ð

★ God *endowed her with both prettiness and intelligence*.
上帝同時賦予她才智與美貌。

entrust A with B 將B託付給A	en·t·ru·s·t A wi·th B ɪ ʌ ɪ ð

★ The manager *entrusts his assistant with the shop keys* during his absence.
經理不在的時候會將店面的鑰匙交給助理。

•en** in

聽群組 CD4-9

end in
engage in

E

聽片語
CD4-9

片語 / 中文解釋	首尾押韻 / 見字讀音 / 區分音節
end in 以...當作結尾	en · d in ɛ ɪ

★ This love story *ends in* tragedy.
這個愛情故事以悲劇收尾。

engage in 參加某事、從事某事	en · ga · ge in ɪ e dʒ x ɪ

★ Our company has *engaged in* the export of polyester goods for many years.
我們公司已從事樹脂工藝品出口多年。

•exc** A for B

聽群組
CD4-10

excuse A for B
exchange A for B

聽片語
CD4-10

片語 / 中文解釋	首尾押韻 / 見字讀音 / 區分音節
excuse A for B 原諒某人某事	ex · cu · se A fo · r B ɪ ks k ju z x ɔ

★ Please *excuse me for being late*.
請原諒我的姍姍來遲。

exchange A for B 用A交換B	ex · cha · n · ge A fo · r B ɪ ks tʃ e dʒ x ɔ

★ The little boy *exchanged a box of chocolates for a toy gun*.
那個小男孩用一盒巧克力交換一把玩具槍。

●＊＊＊ effect

聽群組 CD4-11

in effect
take effect
go into effect

聽片語 CD4-11

片語 / 中文解釋	首尾押韻 / 見字讀音 / 區分音節
in effect 實際上、事實上	in ¦ e · ffe · c · t ɪ ¦ ɪ x ɛ k

★ Mirages are *in effect* only illusions.
海市蜃樓實際上只不過是幻覺。

take effect 生效	ta · ke ¦ e · ffe · c · t e x ¦ ɪ x ɛ k

★ The new law will *take effect* from the very beginning of next year.
新的法令正好是明年初開始生效。

go into effect 實施、實行	go ¦ in · to ¦ e · ffe · c · t ɪ u ¦ ɪ x ɛ k

★ The policy of reducing the financial expenditure has *gone into effect*.
減少財政開支的政策已經開始實施。

介系詞- for 的常見片語

● for ***

for certain	〈確定地、無疑地〉	p108
for a rainy day	〈未雨綢繆〉	p125
for free	〈免費〉	p135

● *** for ***

admire A for B	〈羨慕某人某事〉	p27
exchange A for B	〈用A交換B〉	p120
take A for granted	〈認為...理所當然〉	p276
forgive A for B	〈原諒某人做某事〉	p317

● *** for

be anxious for	〈急切盼望〉	p49
be responsible for	〈承擔責任〉	p49
be noted for	〈聞名、著名〉	p50
be impatient for	〈熱切的〉	p51
bargain for	〈討價還價、洽談〉	p88
yearn for	〈渴望〉	p132
hunt for	〈搜索、試圖找到〉	p133
cry for	〈要求、需要某事物〉	p134
apply for	〈申請、要求某事物〉	p134
have an eye for	〈有眼光〉	p150
too much for	〈對...來說太多了〉	p202
prepare oneself for	〈為...做準備〉	p241
stick up for	〈維護、支持〉	p264
search for	〈搜尋、搜查〉	p268

Chapter 2

F

• for ＊＊＊

聽群組
CD4-12

for now
for short

聽片語
CD4-12

片語 / 中文解釋	首尾押韻 / 見字讀音 / 區分音節
for now 暫時、目前、眼下	fo · r (ɔ) now (aʊ)

★ We haven't thought of a better resolution *for now*.
我們暫時還沒有想出一個更好的解決辦法。

for short 簡稱、簡略形式	fo · r (ɔ) sho · r · t (ʃ ɔ)

★ The Republic of China can be written as ROC *for short*. 中華民國的簡稱為ROC。

• for a ＊＊＊

聽群組
CD4-13

for a change
for a rainy day

聽片語
CD4-13

片語 / 中文解釋	首尾押韻 / 見字讀音 / 區分音節
for a change 為了改變一下、改變	fo · r (ɔ) a (ə) cha · n · ge (tʃ e dʒ x)

★ The meeting is usually held in Los Angels but this year it is in Seattle *for a change*.
這個會議通常在洛杉磯召開，但今年改換在西雅圖。

for a rainy day
以備不時之需、未雨綢繆

fo·r	a	rai·ny	day	
ɔ	ə	e ɪ	e	

★ Mr. Smith is a very frugal man and has saved a lot of money *for a rainy day*.
史密斯先生是個非常節儉的人，存了一大筆錢以備不時之需。

•for on**

聽群組 CD4-14

for one
for once

聽片語 CD4-14

片語 / 中文解釋　　首尾押韻 / 見字讀音 / 區分音節

for one
起碼、就是

fo·r	o·ne	
ɔ	wʌ x	

★ He *for one* tried his best though he failed in the end.
雖然最後失敗，但是起碼他已經盡力。

for once
僅此一次

fo·r	o·n·ce	
ɔ	wʌ s x	

★ I can forgive you for being late just *for once*.
我只能原諒你遲到一次，下不為例。

•for the ***

聽群組 CD4-15

for the asking
for the better
for the worse

聽片語
CD4-15

片語 / 中文解釋	首尾押韻 / 見字讀音 / 區分音節
for the asking 一要就給、待索取	fo · r the as · ki · ng ɔ ð ə æ ɪ ŋ

★ These brochures are all *for the asking*.
這些宣傳手冊都是一經索取即免費贈送。

for the better 朝好的方面發展、改善	fo · r the be · tter ɔ ð ə ɛ x ɚ

★ The revision of these rules and regulations are *for the better*.
這些規章制度的修訂是有好處的。

for the worse 惡化、朝壞的方面發展	fo · r the wor · se ɔ ð ə ɝ x

★ We infer that the present situation will not be *for the worse*.
我們推論目前的形勢不可能再繼續惡化。

•for the **t

聽群組
CD4-16

for the rest
for the present
for the moment

聽片語
CD4-16

片語 / 中文解釋	首尾押韻 / 見字讀音 / 區分音節
for the rest 除此之外、至於其他	fo · r the re · s · t ɔ ð ə ɛ

★ He only cares about money, *for the rest*, he isn't much concerned.
他只在乎錢，除此之外，什麼都無所謂。

for the present
暫時

fo · r	the	p · re · sen · t
ɔ	ð ə	ɛ z n̩

★ Kate hasn't planed to study abroad *for the present*.
凱特暫時還沒有出國留學的打算。

for the moment
目前、暫時

fo · r	the	mo · me · n · t
ɔ	ð ə	ə

★ Looking at the account, we don't need the loan *for the moment*.
從帳戶餘額來看，我們目前還不需要貸款。

•for the *** of

聽群組 CD4-17

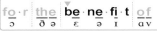

for the **benefit** of
for the **purpose** of

聽片語 CD4-17

片語／中文解釋　首尾押韻／見字讀音／區分音節

for the benefit of
為了...的利益

fo · r	the	be · ne · fi · t	of
ɔ	ð ə	ɛ ə ɪ	ɑv

★ We must sacrifice our personal interests *for the benefit of* the collective if necessary.
必要時我們必須為了集體的利益犧牲個人的利益。

for the purpose of
目的是...

fo · r	the	pur · po · se	of
ɔ	ð ə	ɜ ə x	ɑv

★ An embankment is under construction *for the purpose of* guarding against floods.
一個以防範水災為功用的水壩正在建構當中。

•from *** to ***

聽群組
CD4-18

from A to Z
from time to time
from hand to mouth

聽片語
CD4-18

片語／中文解釋	首尾押韻／見字讀音／區分音節
from A to Z 從開始到結束	f · ro · m A to Z ɑ u

★ He kept silent at the meeting *from the very beginning to the end*.
他從會議開始到結束始終都保持沈默。

from time to time 一次又一次	f · ro · m ti · me to ti · me ɑ aɪ x u aɪ x

★ Jim has asked his mother to buy him a bicycle *from time to time*.
吉姆一次又一次地請求媽媽買輛腳踏車給他。

from hand to mouth 僅能滿足眼前的需要	f · ro · m ha · n · d to mou · th ɑ æ u aʊ θ

★ He wants to change his job because he can only live *from hand to mouth* in his present one.
他想換一份工作，因為目前的工作僅夠他餬口。

•f** A with B

聽群組 CD4-19

feed A with B
furnish A with B

聽片語 CD4-19

片語 / 中文解釋	首尾押韻 / 見字讀音 / 區分音節
feed A with B 為 A 提供 B	fee·d A wi·th B i ɪ ð

★ The girl likes to *feed her cat with cookies*.
那個女孩喜歡餵她的貓咪吃餅乾。

片語 / 中文解釋	首尾押韻 / 見字讀音 / 區分音節
furnish A with B 用 B 佈置 A	fur·ni·sh A wi·th B ɝ ɪ ʃ ɪ ð

★ The hostess *furnishes the walls of her living room with some abstract pictures*.
女主人用一些抽象畫裝飾客廳的牆壁。

•f** oneself

聽群組 CD4-20

find oneself
forget oneself

聽片語 CD4-20

片語 / 中文解釋	首尾押韻 / 見字讀音 / 區分音節
find oneself 發現自己真實的能力	fi·n·d o·ne·se·l·f aɪ wʌ x ɛ

F

★ He couldn't *find himself* until he entered this company. 直到進入這家公司工作他才發現自己的實力所在。

forget oneself
失態、失去理智、先人後己

for · ge · t | o · ne · se · l · f
ɚ ɛ | wʌ x ɛ

★ Sometimes he is too proud and nearly *forgets himself*.
有時候他太驕傲而近乎失態。

•fi** in

聽群組 CD4-21

fit in
figure in

聽片語 CD4-21

片語 / 中文解釋 — 首尾押韻 / 見字讀音 / 區分音節

fit in
相互協調、相適應

fi · t | in
ɪ ɪ

★ She found it difficult to *fit in* with her new classmates.
她發現要打進新同學的圈子不容易。

figure in
將某事包括在內

fi · gur · e | in
ɪ jɚ x ɪ

★ Does the bill *figure in* the service fee?
賬單裡包含服務費嗎？

•*** far

聽群組 CD4-22

by far
go far

聽片語
CD4-22

片語 / 中文解釋	首尾押韻 / 見字讀音 / 區分音節
by far 到目前為止、顯然	by (aɪ) fa·r (ɑ)

★ He has more chocolates *by far*.
他顯然有更多的巧克力。

片語 / 中文解釋	首尾押韻 / 見字讀音 / 區分音節
go far 食物供應充足、成功	go fa·r (ɑ)

★ What a beautiful voice ! I think that girl can *go far*.
多美麗的歌聲！我想那女孩一定會成大器。

•*** for

聽群組
CD4-23

go for
feel for
yearn for

聽片語
CD4-23

片語 / 中文解釋	首尾押韻 / 見字讀音 / 區分音節
go for 適用於某人或某事	go fo·r (ɔ)

★ This economic policy *goes for* many western countries.
這項經濟政策適用於許多西方國家。

片語 / 中文解釋	首尾押韻 / 見字讀音 / 區分音節
feel for 同情、憐憫	fee·l (i) fo·r (ɔ)

★ The kind woman *felt for* the orphan and adopted him as her son.
那個好心的婦人很同情這個孤兒並收養他當兒子。

yearn for
渴望

y·ear·n	fo·r
j ɜ	ɔ

★ Having lived overseas for many years, he *yearns for* a return to his motherland.
他在海外旅居多年，非常渴望回到祖國。

•* *k/ke for

聽群組 CD4-24

seek for
make for

聽片語 CD4-24

片語 / 中文解釋 首尾押韻 / 見字讀音 / 區分音節

seek for
尋找

see·k	fo·r
i	ɔ

★ Maria is *seeking for* her lost ring with the flashlight in the grass.
瑪麗亞拿著手電筒在草叢裡尋找她遺失的那枚戒指。

make for
有助於某事

ma·ke	fo·r
e x	ɔ

★ Drinking more water everyday will *make for* good skin.
每天多喝些水有助於好膚質。

●**t for

聽群組
CD4-25

but for
hunt for
want for

聽片語
CD4-25

片語／中文解釋	首尾押韻／見字讀音／區分音節
but for 如果沒有...、要不是...	bu·t fo·r ʌ ɔ

★ We wouldn't have won the competition *but for* his help.
如果沒有他的幫助，我們根本不可能贏得這場比賽的勝利。

片語／中文解釋	首尾押韻／見字讀音／區分音節
hunt for 搜索、試圖找到	hu·n·t fo·r ʌ ɔ

★ Police are *hunting for* the bank robber these days.
警察們這幾天正在四處搜索那名銀行搶匪。

片語／中文解釋	首尾押韻／見字讀音／區分音節
want for 因缺少某物而受苦	wa·n·t fo·r ɑ ɔ

★ Jimmy never *wants for* money since his father is the richest in our village.
吉米從來不缺錢因為他爸爸是我們村裡最有錢的。

●**ount for

聽群組
CD4-26

count for
account for

聽片語
CD4-26

片語 / 中文解釋	首尾押韻 / 見字讀音 / 區分音節
count for 有價值、重要性	c ou · n · t fo · r k aʊ ɔ

★ The man without knowledge *counts for* nothing in modern society.
沒有知識的人在現代社會中毫無價值。

account for 由於、說明、對…負責	a · c c ou · n · t fo · r ə k x aʊ ɔ

★ The student failed to *account for* his absence.
這個學生無法為他的缺席提出解釋。

●**y for

聽群組
CD4-27

cry for
apply for

聽片語
CD4-27

片語 / 中文解釋	首尾押韻 / 見字讀音 / 區分音節
cry for 需要某事物、要求	c · r y fo · r k aɪ ɔ

★ The old mechanism hindering the development of productivity *cries* out *for* reform.
阻礙生產力發展的舊機制需要革新。

apply for 申請、要求某事物	a · pp · l y fo · r ə x aɪ ɔ

★ You must *apply for* membership if you want to log into this website.
如果你想登錄這個網站的話必須先申請會員資格。

●＊＊＊ free

聽群組
CD4-28

for free
set A free

聽片語
CD4-28

片語 / 中文解釋	首尾押韻 / 見字讀音 / 區分音節
for free 免費	fo · r ǀ f · ree ɔ　　　i

★ The customer can taste the new desserts *for free* in this restaurant.
在這家餐廳，顧客可以免費品嚐新的甜點。

set A free 釋放 A	se · t ǀ A ǀ f · ree ɛ　　　　i

★ The judge has declared to *set the defendant free* at the court.
法官宣判被告當庭無罪釋放。

●＊＊ain from

聽群組
CD4-29

abstain from
refrain from

聽片語
CD4-29

片語 / 中文解釋	首尾押韻 / 見字讀音 / 區分音節
abstain from 戒除、放棄	ab · s · tai · n ǀ f · ro · m ə　　e　　ɑ

★ Complying with the doctor's advice, he decided to *abstain from* smoking.
遵循醫生的建議，他決定戒煙。

refrain from
克制、避免、抑制

re · f · rai · n | f · ro · m
ɪ e ɑ

★ Sally is on a diet and *refrains from* eating any sweet food.
莎莉正在節食，避免吃任何甜食。

•＊＊e from

聽群組 CD4-30

derive from
escape from
graduate from

聽片語 CD4-30

片語 / 中文解釋 | 首尾押韻 / 見字讀音 / 區分音節

derive from
起源於、來自

de · ri · ve | f · ro · m
ɪ aɪ x ɑ

★ The name of this mountain *derives from* a touching tale.
這座山的名字源於一個動人的傳說。

escape from
逃脫、從...逃走

e · s · ca · pe | f · ro · m
ə ke x ɑ

★ No one can *escape from* the punishment of the law if he commits a crime.
任何人犯罪都不能逃脫法律的制裁。

graduate from
畢業於

g · ra · du · at · e | f · ro · m
æ dʒʊ e x ɑ

★ The students *graduating from* famous universities find it easier to get jobs.
從明星大學畢業的學生更容易找到工作。

•**ing from

聽群組 CD4-31

spring from
judging from

聽片語 CD4-31

片語 / 中文解釋	首尾押韻 / 見字讀音 / 區分音節
spring from 來自、出身於	s·p·ri·ng f·ro·m ɪ ŋ ɑ

★ Many of that famous painter's works *spring from* inspiration.
那位著名畫家的許多作品都出於靈感。

judging from 根據...判斷	ju·dg i·ng f·ro·m dʒʌ dʒ ɪ ŋ ɑ

★ *Judging from* his appearance, he is a banker.
從外表判斷，他是個銀行家。

•**er from

聽群組 CD4-32

differ from
recover from

聽片語 CD4-32

片語 / 中文解釋	首尾押韻 / 見字讀音 / 區分音節
differ from 與...不一樣	di·ff er f·ro·m ɪ x ɚ ɑ

★ The new style mobile phone *differs from* the old one in performance.
新款手機在性能上與舊款的不同。

recover from
回復到正常狀態

re·co·ver f·ro·m
ɪ kʌ ɚ ɑ

★ The victim didn't *recover from* fright until the next day.
受害者直到第二天才從驚嚇中恢復過來。

•get ＊＊＊

聽群組 CD4-33

get results
get across
get nowhere

聽片語 CD4-33

片語 / 中文解釋	首尾押韻 / 見字讀音 / 區分音節
get results 獲得成果、取得成功	ge·t re·su·l·t·s (ɛ) (ɪ z ʌ)
get across 渡過、跨過、橫過	ge·t a·c·ro·ss (ɛ) (ə k ɔ x)
get nowhere 毫無進展	ge·t no·wh e·re (ɛ) (hw ɛ x)

★ A good teacher knows how to *get results* from his students.
好老師懂得如何掌握能獲得成效的教學方法。

★ How can we *get across* the river ? The water is too cold and deep.
我們要怎麼渡河呢？水太深又太冷。

★ I was *getting nowhere* with my paper until he gave me some hints.
我的論文在他的指點之下才有所進展。

•give ＊＊＊

聽群組 CD4-34

give away
give back

G

聽片語
CD4-34

片語／中文解釋 | 首尾押韻／見字讀音／區分音節

give away
洩漏機密

gi · ve a · way
ɪ x ə e

★ She *gave away* the secret that her company is going to be listed next month.
她洩漏了公司將於下個月上市的秘密。

give back
歸還、送還

gi · ve ba · ck
ɪ x æ k

★ He is always borrowing things but never *giving* them *back*.
他老是向人借東西，但向來都是只借不還。

• give A a ***

聽群組
CD4-35

give A a ride
give A a start

聽片語
CD4-35

片語／中文解釋 | 首尾押韻／見字讀音／區分音節

give A a ride
讓 A 搭乘

gi · ve A a ri · de
ɪ x ə aɪ x

★ He *gave me a ride* in his car, or I would have been late.
幸虧他讓我坐他的車，否則我就遲到了。

give A a start
給予優先權

gi · ve A a s · ta · r · t
ɪ x ə ɑ

★ He *gave his sister a* 3 meter *start* in their race.
和妹妹賽跑時，他讓妹妹在他前面三公尺的地方起跑。

•give o** to

聽群組
CD4-36

give over to
give offense to

聽片語
CD4-36

片語 / 中文解釋	首尾押韻 / 見字讀音 / 區分音節
give over to 沈溺於某種狀態	gi · ve ǀ o · ver ǀ to ɪ x ǀ ɚ ǀ u

★ He *gave* himself *over to* writing after retirement.
他退休之後全心投入寫作。

片語 / 中文解釋	首尾押韻 / 見字讀音 / 區分音節
give offense to 冒犯	gi · ve ǀ o · ffe · n · se ǀ to ɪ x ǀ ə x ɛ x ǀ u

★ I didn't mean to *give offense to* him.
我不是有意冒犯他的。

•give **e to

聽群組
CD4-37

give rise to
give place to

聽片語
CD4-37

片語 / 中文解釋	首尾押韻 / 見字讀音 / 區分音節
give rise to 引起、導致	gi · ve ǀ ri · s e ǀ to ɪ x ǀ aɪ z x ǀ u

★ The bomb accident *gave rise to* a nationwide horror.
爆炸事件引起全國的恐慌。

give place to
被...取代、讓位給

gi · ve | p · la · c e | to
ɪ x | e s x | u

★ Buildings and factories *gave place to* open fields as we were driving for the countryside.
我們開車前往鄉下，眼前的高樓和工廠漸漸被空曠的田野所取代。

• gla** at

聽群組 CD4-38

glare at
glance at

聽片語 CD4-38

片語 / 中文解釋 | 首尾押韻 / 見字讀音 / 區分音節

glare at
怒目而視

g · la · re | at
ɛ x | æ

★ He *glared at* the woman until she stopped shouting.
他憤怒地盯著那婦女，直到她不再嚷嚷。

glance at
匆匆地看、一瞥

g · la · n · ce | at
æ s x | æ

★ She *glanced at* her watch and rushed out of the room.
她匆匆地看了一下手錶，然後急急忙忙跑出屋子。

• go ***

聽群組 CD4-39

go Dutch
go astray
go bankrupt

聽片語
CD4-39

片語／中文解釋	首尾押韻／見字讀音／區分音節
go Dutch 各自付帳	go D·u·tch (d ʌ tʃ)

★ I usually *go Dutch* with my roommates when we go out eating.
我和我的室友們外出用餐時通常是各付各的。

go astray 被放錯地方、設置	go a·s·t·ray (ə e)

★ Many things *went* to *astray* after she tidied my room.
我的房間被她整理之後，很多東西都不知被放哪裡去了。

go bankrupt 破產、無力還債	go ba·n·k·ru·p·t (æ ŋ ʌ)

★ He has no other way but to *go bankrupt*.
除了破產，他沒有別的選擇。

•go **d

聽群組
CD4-40

go mad
go wild

聽片語
CD4-40

片語／中文解釋	首尾押韻／見字讀音／區分音節
go mad 發瘋	go ma·d (æ)

★ She *went mad* after her only son died in the war.
當她的獨生子死在戰場時，她就瘋了。

go wild
情緒激烈的

go | wi · l · d
aɪ

★ The children *went wild* with delight on hearing the news.
聽到這個消息，孩子們欣喜若狂。

•go to ***

聽群組 CD4-41

go to sea
go to extremes

聽片語 CD4-41

片語 / 中文解釋 — 首尾押韻 / 見字讀音 / 區分音節

go to sea
當水手

go | to | sea
u i

★ He *went to sea* after graduating from high school.
高中畢業之後，他成為一名水手。

go to extremes
走極端

go | to | ex · t · re · me · s
u ɪ ks i x

★ During the Cultural Revolution, many people's thoughts *went to extremes*.
文化大革命之中有許多人的思想非常極端。

•*** good

聽群組 CD4-42

for good
hold good
make good

聽片語
CD4-42

片語 / 中文解釋	首尾押韻 / 見字讀音 / 區分音節
for good 永遠	fo · r ¦ goo · d ɔ ¦ ʊ

★ Our product keeps you slim *for good*.
我們的產品能使您永保苗條身材。

hold good 仍然有效、仍然適用	ho · l · d ¦ goo · d ʊ

★ Old regulations *hold good* after the reshuffle of the company.
公司改組之後，原先的規章制度仍具效力。

make good 變富裕、獲得成功	ma · ke ¦ goo · d e x ¦ ʊ

★ He *made good* through hard work and wise management.
他因為辛勤工作和經營有道而致富。

●＊＊＊ good time

聽群組
CD4-43

keep good time
have a good time

聽片語
CD4-43

片語 / 中文解釋	首尾押韻 / 見字讀音 / 區分音節
keep good time 鐘錶走得準	kee · p ¦ goo · d ¦ ti · me i ¦ ʊ ¦ aɪ x

★ My watch *keeps good time*.
我的手錶蠻準時的。

have a good time
玩得愉快

ha · ve	a	goo · d	ti · me
æ x	ə	ʊ	aɪ x

★ I hope that you *have a good time* at the party.
祝你在晚會上玩得盡興。

•have a ***

聽群組
CD4-44

have a try
have a flat tire
have a weakness for
have a narrow escape

聽片語
CD4-44

片語 / 中文解釋	首尾押韻 / 見字讀音 / 區分音節
have a try 試一試	ha·ve a t·ry æ x ə aɪ

★ "Who can lift this heavy box ?" "Can I *have a try* ?"
「誰能舉起這個沈重的箱子？」「讓我來試試好嗎？」

have a flat tire 輪胎漏氣	ha·ve a f·la·t ti·re æ x ə æ aɪ x

★ We *had a flat tire* on our way to the company.
去公司的途中，我們有一個車胎漏氣了。

have a weakness for 對...有特殊的愛好	ha·ve a wea·k·ne·ss fo·r æ x ə i ɪ x ɔ

★ She *has a weakness for* boys wearing glasses.
她偏愛戴眼鏡的男生。

have a narrow escape 險遭不幸、死裡逃生	ha·ve a na·rrow e·s·ca·pe æ x ə æ x o ə k e x

★ He *had a narrow escape* in a traffic accident.
他在一場車禍中險些喪命。

•have a *** with

聽群組
CD4-45

have a **date** with
have a **word** with

聽片語
CD4-45

片語／中文解釋	首尾押韻／見字讀音／區分音節
have a date with 約會、會晤	ha · ve a **da · te** wi · th æ x ə e x ɪ ð

★ I *have a date with* one of my colleagues tonight.
我今晚和一個同事有約。

片語／中文解釋	首尾押韻／見字讀音／區分音節
have a word with 對某人說某事	ha · ve a **wor · d** wi · th æ x ə ɜ ɪ ð

★ Can I *have a word with* you?
我能和你私下談談嗎？

•have a good *** of

聽群組
CD4-46

have a good **opinion** of
have a good **command** of

聽片語
CD4-46

片語／中文解釋	首尾押韻／見字讀音／區分音節
have a good opinion of 對...評價較高、有好感	ha · ve a goo · d **o · pi · ni · on** of æ x ə ʊ ə ɪ j ə ɑv

★ The manager *has a* very *good opinion of* this young man.
經理很器重這名年輕人。

have a good command of 熟練掌握、能靈活運用	ha·ve a goo·d co·mm a·n·d of æ x ə ʊ kə x æ ɑv

★ She *has a* very *good command of* French.
她法語很在行。

•have a *** to do

聽群組 CD4-47

have a mind to do
have a tendency to do

聽片語 CD4-47

片語／中文解釋	首尾押韻／見字讀音／區分音節
have a mind to do 想要做某事	ha·ve a mi·n·d to do æ x ə aɪ u u

★ I do *have a mind to call him names* for his being so impudent.
他如此放肆無禮，我真想臭罵他一頓。

have a tendency to do 有做某事的傾向	ha·ve a te·n·de·n·cy to do æ x ə ɛ ə sɪ u u

★ Grain prices *have a tendency to rise*.
糧價有上漲的趨勢。

•have an e** for

聽群組 CD4-48

have an ear for
have an eye for

H

聽片語
CD4-48

片語 / 中文解釋	首尾押韻 / 見字讀音 / 區分音節
have an ear for 注意、留心	ha · ve / an / ear / fo · r æ x / æ / ɪ / ɔ

★ He always *has an ear for* what's going on with his rival.
他一向很注意對手的情況。

have an eye for 有眼光	ha · ve / an / ey · e / fo · r æ x / æ / aɪ x / ɔ

★ The head teacher *has an eye for* promising students.
校長很有眼光，知道哪些學生的前途大有可為。

• have *** to do

聽群組
CD4-49

have **yet** to do
have **only** to do

聽片語
CD4-49

片語 / 中文解釋	首尾押韻 / 見字讀音 / 區分音節
have yet to do 尚未做某事、尚待做某事	ha · ve / ye · t / to / do æ x / j ɛ / u / u

★ I *have yet to complete the last passage of my essay*. 我論文裡面的最後一段還沒完成。

have only to do 只能做某事、只需	ha · ve / on · ly / to / do æ x / ɪ / u / u

★ You *have only to pick this flower for me*.
你只需要採這朵花給我就好。

•have the *** to do

聽群組
CD4-50

have the **nerve** to do
have the **courage** to do
have the **kindness** to do
have the **misfortune** to do

聽片語
CD4-50

片語／中文解釋	首尾押韻／見字讀音／區分音節
have the nerve to do 敢於做某事	ha·ve the ner·ve to do æ x ð ə ɜ x u u

★ I wouldn't *have the nerve to take such a risk*.
我可不敢冒這個險。

have the courage to do 有勇氣做某事	ha·ve the cour·ag·e to do æ x ð ə k ɜ ɪdʒ x u u

★ Anyone who *has the courage to challenge the authorities* is respectable.
任何有勇氣挑戰權威的人都是值得尊敬的。

have the kindness to do 好心好意做某事	ha·ve the ki·n·d·ne·ss to do æ x ð ə aɪ ɪ x u u

★ I wouldn't *have the kindness to help such an arrogant man*.
我可沒那麼好心去幫他這種傲慢的人。

have the misfortune to do 不幸遇上做某事	ha·ve the mi·s·fo·r·t u·ne to do æ x ð ə ɪ ɔ tʃə x u u

★ She *had the misfortune to become the scapegoat*. 她很不幸地成為代罪羔羊。

H

•h** on to

聽群組 CD4-51

hold on to
hang on to

聽片語 CD4-51

片語／中文解釋	首尾押韻／見字讀音／區分音節
hold on to 保留、保有	ho·l·d on to ɑ u

★ You should *hold on to* your shares; I'm sure the price will soon grow.
你應該保留你的股份，我相信很快能升值。

片語／中文解釋	首尾押韻／見字讀音／區分音節
hang on to 緊抓不放、堅持	ha·ng on to æ ŋ ɑ u

★ *Hang on to* the rails— we are speeding up !
抓緊把手，我們要加速了！

•h** over

聽群組 CD4-52

hand over
hold over

聽片語 CD4-52

片語／中文解釋	首尾押韻／見字讀音／區分音節
hand over 移交	ha·n·d o·ver æ ɚ

★ He resigned as manager and *handed over* his post to his son.
他辭去經理一職，交由兒子接替。

hold over
延緩、推辭

ho·l·d o·ver
ɚ

★ The sport meeting is *held over* because of rain.
運動會因為下雨而延期。

• * * * heart

聽群組 CD4-53

at heart
lose heart
take heart

聽片語 CD4-53

片語 / 中文解釋	首尾押韻 / 見字讀音 / 區分音節
at heart 內心裡、基本上	at hea·r·t æ xɑ

★ I feel sympathy for him *at heart*.
我心裡其實很同情他。

lose heart 失去信心	lo·se hea·r·t u zx xɑ

★ He never *lost heart* in spite of failure after failure.
儘管一次又一次的失敗，他始終不曾喪失信心。

take heart 增強信心、鼓足勇氣	ta·ke hea·r·t e x xɑ

★ I *took heart* at this task.
我對這份任務有信心。

I

• if ＊＊＊

聽群組 CD5-1

if so
if not
if possible
if necessary

聽片語 CD5-1

片語／中文解釋	首尾押韻／見字讀音／區分音節
if so 如果是如此的話	if ɪ ┆ so
if not 如果並非如此的話	if ɪ ┆ no (ɑ) · t
if possible 如果可能的話	if ɪ ┆ po (ɑ) · ssi (s ə) · ble (l̩)
if necessary 如果有必要的話	if ɪ ┆ ne (ɛ) · ce (s ə) · ssa (s ɛ) · ry (ɪ)

★ Have you got any questions? *If so*, please do not hesitate to ask.
你們有什麼問題嗎？如果有的話，請大膽發問。

★ Have you got any questions? *If not*, we will now have a quiz.
你們有什麼問題嗎？如果沒有的話，我們來做一份測驗。

★ I will visit her tomorrow, *if possible*.
可能的話，我明天會去拜訪她。

★ When finding jobs, take your application forms, and recommendation letters *if necessary*.
找工作時要帶你們的申請表，必要時還可附上推薦函。

•if any **

聽群組 CD5-2

if any
if anything

聽片語 CD5-2

片語 / 中文解釋	首尾押韻 / 見字讀音 / 區分音節
if any 哪怕只有一點點	if a·ny ɪ ɛ ɪ

★ Are there any mistakes in my essay ? Please tell me what they are, *if any*.
我的文章有任何錯誤嗎？哪怕只有一點點錯，也麻煩你指正出來。

片語 / 中文解釋	首尾押韻 / 見字讀音 / 區分音節
if anything 如果有任何重要的事	if a·ny·thi·ng ɪ ɛ ɪ θ ɪ ŋ

★ He didn't seem to be upset. *If anything*, he was actually laughing.
他看起來一點也不沮喪：真要說有什麼事，他剛還放聲大笑呢！

•in *** time

聽群組 CD5-3

in no time
in due time

聽片語 CD5-3

片語 / 中文解釋	首尾押韻 / 見字讀音 / 區分音節
in no time 立即、馬上	in no ti·me ɪ aɪ x

★ Don't worry; I'll come help you *in no time*.
別擔心，我馬上過來幫你。

in due time
依照預定期限

in	du	e	ti	me
ɪ	ju	x	aɪ	x

★ The debt must be liquidated *in due time*.
債務必須在既定期限內償清。

•in ＊＊＊

聽群組
CD5-4

in full
in large
in theory

聽片語
CD5-4

片語／中文解釋　　首尾押韻／見字讀音／區分音節

in full
全部地、毫無遺漏地

in	fu	ll
ɪ	ʊ	x

★ His speech was published *in full* in a local newspaper.
當地一份報紙全文刊載他的言論。

in large
大規模地

in	la	r	g	e
ɪ	ɑ		dʒ	x

★ Can you type the headline *in large* letters?
可以請你把標題用特大號字體標示嗎？

in theory
從理論上講

in	th	e	o	ry
ɪ	θ	i	ə	ɪ

★ It's easy to explain *in theory* but difficult to show in practice.
理論上來說，這個問題並不難解釋，但要從實際操作中證明就很難。

•in b**

聽群組 CD5-5

in brief
in between

聽片語 CD5-5

片語 / 中文解釋	首尾押韻 / 見字讀音 / 區分音節
in brief 簡而言之	in b · rie · f ɪ i

★ *In brief*, I don't agree with your proposal.
簡而言之，我不贊成你的提議。

in between 在...之間	in be · t · wee · n ɪ ɪ i

★ I have two classes this morning with no break *in between*.
我上午有兩堂課，中間沒有休息時間。

•in ca**

聽群組 CD5-6

in case
in cash

聽片語 CD5-6

片語 / 中文解釋	首尾押韻 / 見字讀音 / 區分音節
in case 以防萬一	in ca · se ɪ ke x

★ You should take a raincoat with you *in case* it rains.
你應該隨身攜帶雨衣，以防萬一下雨。

I

in cash
以現金支付

in ca·sh
ɪ kæ ʃ

★ We don't accept checks; please pay *in cash*.
我們不接受支票，請付現金。

•in ha**

聽群組
CD5-7

in hand
in haste

聽片語
CD5-7

片語 / 中文解釋 首尾押韻 / 見字讀音 / 區分音節

in hand
手中持有、正在處理中

in ha·n·d
ɪ æ

★ He didn't worry because he had a lot of time *in hand*.
他有的是時間，所以一點也不擔心。

in haste
匆忙地

in ha·s·te
ɪ e x

★ He ran to the scene of the accident *in haste*.
他匆忙地趕往事故現場。

•in pr**

聽群組
CD5-8

in practice
in prospect

聽片語
CD5-8

片語 / 中文解釋	首尾押韻 / 見字讀音 / 區分音節
in practice 在實踐上	in p·ra·c·ti·ce ɪ æ k ɪ s x

★ I have to know how to do it *in practice*.
我必須知道實際操作的方法。

in prospect 就希望而言、就前景而言	in p·ro·s·pe·c·t ɪ ɑ ɛ k

★ I see he has little chance of success *in prospect*.
我覺得他成功的希望不大。

•in pri**

聽群組
CD5-9

in private
in principle

聽片語
CD5-9

片語 / 中文解釋	首尾押韻 / 見字讀音 / 區分音節
in private 私下地	in p·ri·va·te ɪ aɪ ɪ x

★ The presidents of the two companies had a meeting *in private*.
兩家公司的總裁私下舉行一次會晤。

in principle 原則上、大體上	in p·ri·n·ci·ple ɪ ɪ s ə l̩

★ They agreed to our plan *in principle*.
他們原則上同意我們的計畫。

• in **er

聽群組
CD5-10

in anger
in diameter

聽片語
CD5-10

片語／中文解釋	首尾押韻／見字讀音／區分音節
in anger 生氣	in an·ger (ɪ æ ŋ ɚ)

★ He shouted at his child *in anger*.
他生氣地向孩子大聲呵斥。

片語／中文解釋	首尾押韻／見字讀音／區分音節
in diameter 直徑	in di·a·me·ter (ɪ aɪ æ ə ɚ)

★ This barrel is 1 meter *in diameter*.
這個桶子的直徑為一公尺。

• in **hood

聽群組
CD5-11

in childhood
in all likelihood

聽片語
CD5-11

片語／中文解釋	首尾押韻／見字讀音／區分音節
in childhood 童年時期	in chi·l·d·hoo·d (ɪ tʃ aɪ ʊ)

★ There are many magic moments *in childhood*.
兒時充滿許多美好的時光。

in all likelihood
極有可能、十之八九

in	al · l	li · ke · li · hoo · d
ɪ	ɔ x	aɪ x ɪ ʊ

★ *In all likelihood* he will win the election.
他極有可能當選。

•in **ion

聽群組 CD5-12

in fashion
in question
in conclusion
in succession

聽片語 CD5-12

片語／中文解釋　首尾押韻／見字讀音／區分音節

in fashion
流行、起源、開端

in	fa · shio · n
ɪ	æ ʃ ə

★ This summer, long skirts are *in fashion* again.
今年夏天又開始流行長裙。

in question
正被討論、正被考慮

in	q · ue · s · tio · n
ɪ	k wɛ tʃ ə

★ The man *in question* will come to our company tomorrow.
正被談論的那個人明天會來我們公司。

in conclusion
最後

in	co · n · c · lu · sio · n
ɪ	kə k ʒ ə

★ *In conclusion*, I wish the conference complete success.
最後，我預祝大會圓滿成功。

in succession
連續的、一個接一個的

in	su · c · ce · ssio · n
ɪ	ə k sɛ x ʃ ə

★ This football team had five victories *in succession*.
這支球隊已經連勝五場比賽。

• in **nce

聽群組
CD5-13

in appearance
in consequence

聽片語
CD5-13

片語 / 中文解釋 　首尾押韻 / 見字讀音 / 區分音節

in appearance
看起來、外表上

in	a · ppea · ra · n · ce
ɪ	ə x ɪ ə s x

★ This car is new *in appearance* but actually it is 5 years old.
這輛車表面上看起來很新，實際上已經開了五年。

in consequence
結果、由於...

in	co · n · se · q · ue · n · ce
ɪ	k ɑ ə k w ɛ s x

★ We have had to delay the flight *in consequence* of the weather.
由於天氣的緣故，我們必須將飛機延期。

• in **n/ne

聽群組
CD5-14

in tune
in origin

聽片語
CD5-14

片語 / 中文解釋	首尾押韻 / 見字讀音 / 區分音節
in tune 曲調和諧	in ǀ tu · ne ɪ ǀ ju x

★ Your guitar is not quite *in tune*.
你的吉他有點走音。

in origin 起源、來源、開端	in ǀ o · ri · gi · n ɪ ǀ ɔ ə dʒɪ

★ This family is Spanish *in origin*.
這個家族的祖先是西班牙人。

• in ＊＊on

聽群組
CD5-15

in person
in common

聽片語
CD5-15

片語 / 中文解釋	首尾押韻 / 見字讀音 / 區分音節
in person 親自、本人	in ǀ per · son ɪ ǀ ɝ n̩

★ The manager decided to see the injured workers *in person*.
經理決定親自去探望受傷的工人。

in common 共同的、共用的	in ǀ co · mm o · n ɪ ǀ k ɑ x ə

★ I have nothing *in common* with my sister.
我和我妹妹沒什麼相同之處。

I

•in **s

聽群組 CD5-16

in ruins
in pairs
in years

聽片語 CD5-16

片語 / 中文解釋	首尾押韻 / 見字讀音 / 區分音節
in ruins 嚴重受損、破敗不堪	in ru · in · s ɪ u ɪ

★ All the teaching buildings are *in ruins* after the earthquake.
地震之後，所有的教學大樓嚴重毀損。

in pairs 兩個一組、一次兩個	in pai · r · s ɪ ɛ

★ This kind of cup is sold *in pairs* in the supermarkets.
這種杯子在超市裡是兩個為一組來販售。

in years 在年齡上	in y ea · r · s ɪ j ɪ

★ There is quite a gap *in years* but they have much in common with regards ideas.
他們年齡相差甚遠，卻非常志趣相投。

•in **t

聽群組 CD5-17

in sight
in doubt
in earnest

聽片語
CD5-17

片語／中文解釋	首尾押韻／見字讀音／區分音節
in sight 視野之內	in ɪ ¦ si · gh · t (aɪ, x)

★ He ran after the train until it was no longer *in sight*.
他追著火車跑，直到再也看不到火車為止。

in doubt 不肯定、不確定	in ɪ ¦ dou · b · t (aʊ, x)

★ Whether she will accept the invitation is still *in doubt*.
她是否接受邀請還說不準。

in earnest 不是開玩笑的、正經的	in ɪ ¦ ear · ne · s · t (ɝ, ɪ)

★ After the opening ceremony, the Olympics start *in earnest*.
開幕儀式之後，奧林匹克運動會正式開始。

•in **th

聽群組
CD5-18

in truth
in youth

聽片語
CD5-18

片語／中文解釋	首尾押韻／見字讀音／區分音節
in truth 事實上、的確	in ɪ ¦ t · ru · th (θ)

★ It was only a rumor *in truth*.
事實上，那只是個謠言。

I

in youth
青少年時期

in you·th
ɪ j u θ

★ *In* his *youth*, his paintings became well known.
當他年輕時，他的畫作就已經十分出名。

•in a ***

聽群組 CD5-19

in a way
in a passion

聽片語 CD5-19

片語／中文解釋　首尾押韻／見字讀音／區分音節

in a way
在某種程度上

in a way
ɪ ə e

★ His action is reasonable *in a way*.
某種程度而言，他這種行為也不無道理。

in a passion
盛怒、憤怒

in a pa·ssio·n
ɪ ə æ x ʃ ə

★ He said he would leave the company *in a passion*.
他在盛怒之下說要離開公司。

•in a r**

聽群組 CD5-20

in a row
in a rush

聽片語
CD5-20

片語 / 中文解釋	首尾押韻 / 見字讀音 / 區分音節
in a row 一個接一個地	in a row ɪ ə o

★ He won three competitions *in a row*.
他連續贏得三場比賽。

in a rush 急匆匆地	in a ru·sh ɪ ə ʌ ʃ

★ He ran to school *in a rush* and dropped his watch on the way.
他匆忙趕去上學，在途中遺落手錶。

•in a m**

聽群組
CD5-21

in a million
in a manner

聽片語
CD5-21

片語 / 中文解釋	首尾押韻 / 見字讀音 / 區分音節
in a million 萬中選一的、最好的	in a mi·lli·on ɪ ə ɪ xj ə

★ You've got a great wife. She's one *in a million*.
你有個萬中挑一的好妻子。

in a manner 多多少少、在某種程度上	in a ma·nner ɪ ə æ x ɚ

★ His explanation is justifiable *in a manner* of speaking.
他的解釋多多少少有點道理。

I

•in a ***

聽群組
CD5-22

in (a) goodlight
in a bad temper
in a greatmeasure

聽片語
CD5-22

片語／中文解釋	首尾押韻／見字讀音／區分音節
in (a) good light 看得清楚	in (a) goo · d li · gh · t ɪ ə ʊ aɪ x

★ Hang the picture in that corner so that it is *in good light*.
將畫掛在那個角落裡，這樣就能看得很清楚。

in a bad temper 心情欠佳、脾氣不好	in a ba · d te · m · per ɪ ə æ ɛ ɚ

★ You'd better not see him as he is *in a bad temper* now.
你現在最好別去見他，他正在發脾氣。

in a great measure 在很大程度上	in a g · rea · t mea · s ur · e ɪ ə e ɛ ʒ ɚ x

★ His success is *in a great measure* the result of his wife's help.
他能成功有很大一部份因素是靠妻子的協助。

•in all ***

聽群組
CD5-23

in all directions
in all probability

聽片語
CD5-23

片語 / 中文解釋	首尾押韻 / 見字讀音 / 區分音節
in all directions 向四面八方	in ǀ al·l ǀ di·re·c·tio·n·s ɪ ǀ ɔ x ǀ ə ɛ k ʃə

★ Fireworks burst *in all directions* in the sky.
煙火在空中向四面八方綻放。

in all probability 極有可能	in ǀ al·l ǀ p·ro·ba·bi·li·ty ɪ ǀ ɔ x ǀ ɑ ə ɪ ə ɪ

★ *In all probability* he will give up.
他極有可能會放棄。

•in one's ***

聽群組
CD5-24

in one's turn
in one's view
in one's favor
in one's shoes

聽片語
CD5-24

片語 / 中文解釋	首尾押韻 / 見字讀音 / 區分音節
in one's turn 接而、依次、輪到	in ǀ o·ne'·s ǀ tur·n ɪ ǀ wʌ x ǀ ɝ

★ I told the news to Laura and she *in her turn* told Lily.
我把消息告訴蘿拉，她又轉而告訴莉莉。

in one's view 以某人的觀點	in ǀ o·ne'·s ǀ view ɪ ǀ wʌ x ǀ ju

I

★ *In my view*, this is a foolish decision.
依我之見，這是個愚蠢的決定。

in one's favor
支持某人

in	o · ne' · s	fa · vor
ɪ	wʌ x	e ɚ

★ Among all the candidates, who is *in your favor* ?
那麼多位候選人之中，你支持哪一位呢？

in one's shoes
處於某人的處境

in	o · ne' · s	sh oe · s
ɪ	wʌ x	ʃ u z

★ Stop laughing; think if you were *in his shoes* !
別笑了，想想看你們如果像他那種處境會怎樣！

•in *** of

聽群組
CD5-25

in need of
in view of
in favor of

聽片語
CD5-25

片語 / 中文解釋　　首尾押韻 / 見字讀音 / 區分音節

in need of
需要

in	nee · d	of
ɪ	i	ɑ v

★ We are *in need of* your help.
我們需要你的協助。

in view of
考慮到、鑒於、由於

in	view	of
ɪ	ju	ɑ v

★ *In view of* my mother's bad health, we decided to move to California.
由於媽媽的身體不好，我們決定搬到加州去。

in favor of 贊成、支援	in · fa · vor · of ɪ e ɚ ɑv

★ Are you *in favor of* cloning human beings？
你贊成複製人類嗎？

• in t** of

聽群組 CD5-26

in terms of
in token of

聽片語 CD5-26

片語／中文解釋	首尾押韻／見字讀音／區分音節
in terms of 就...而論、在...方面	in · ter · m · s · of ɪ ɜ ɑv

★ *In terms of* grammar, this essay is well-written.
就語法而言，這篇文章是寫得不錯的。

in token of 象徵、作為...的標誌	in · to · ke · n · of ɪ ə ɑv

★ I sent him a small gift *in token of* my gratitude.
我寄了一份小禮物給他來表示我的謝意。

• in **t of

聽群組 CD5-27

in want of
in pursuit of
in support of

聽片語 CD5-27

片語 / 中文解釋	首尾押韻 / 見字讀音 / 區分音節
in want of 需要	in wa · n · t of ɪ ɑ ɑv

★ The floor is *in want of* sweeping.
地板需要清掃了。

in pursuit of 追求、追捕、追逐	in pur · sui · t of ɪ ɚ u ɑv

★ The candidates travel about the country giving speeches *in pursuit of* more votes.
候選人為追求更多選票在全國各地巡迴演講。

in support of 支持、支援	in su · ppo · r · t of ɪ ə x ɑv

★ He gave a speech *in support of* the new government. 他發表演說來支持新成立的政府。

• in the *** of

聽群組 CD5-28

in (the) light of
in the hands of
in the direction of

聽片語 CD5-28

片語 / 中文解釋	首尾押韻 / 見字讀音 / 區分音節
in (the) light of 根據、依照、考慮到	in (the) li · gh · t of ɪ ð ə aɪ x ɑv

★ I decided to sell a part of my shares *in light of* recent fluctuations in the markets.
鑒於近來市場的波動，我決定拋售一部分股票。

in the hands of
掌握在...手中

in	the	ha · n · d · s	of
ɪ	ð ə	æ	ɑ v

★ A slave's destiny is *in the hands of* his master.
奴隸的命運操控於主人的手中。

in the direction of
處於...的趨勢

in	the	di · re · c · tio · n	of
ɪ	ð ə	ə ɛ k ʃ ə	ɑ v

★ The price of oil is going *in the direction of* other commodities.
油價有趨向其他商品的趨勢。

•in the **e of

聽群組 CD5-29

in the name of
in the course of

聽片語 CD5-29

片語／中文解釋　首尾押韻／見字讀音／區分音節

in the name of
代表

in	the	na · me	of
ɪ	ð ə	e x	ɑ v

★ I would like to extend a warm welcome to you *in the name of* the people of my city.
我謹代表本市市民對你們的到來表示熱烈的歡迎。

in the course of
在...期間

in	the	cou · r · se	of
ɪ	ð ə	k o x	ɑ v

★ He answered three phone calls *in the course of* our meeting.
他在我們開會的過程當中接了三通電話。

I

•in **e to

聽群組
CD5-30

in response to
in obedience to

聽片語
CD5-30

片語 / 中文解釋	首尾押韻 / 見字讀音 / 區分音節
in response to 反應、回答	in re·s·po·n·se to ɪ ɪ ɑ x u

★ He laughed *in response to* the boy's suggestion.
他對小男孩的提議報以大笑。

片語 / 中文解釋	首尾押韻 / 見字讀音 / 區分音節
in obedience to 服從、順從、聽話	in o·be·di·en·ce to ɪ ə i j ə s x u

★ In the past, a good wife was supposed to be always *in obedience to* her husband.
在過去，對丈夫言聽計從的女子才被認為是好妻子。

•in **tion to

聽群組
CD5-31

in relation to
in addition to
in opposition to
in proportion to

聽片語
CD5-31

片語 / 中文解釋	首尾押韻 / 見字讀音 / 區分音節
in relation to 與...有關、涉及	in re·la·tio·n to ɪ ɪ e ʃ ə u

★ Crop production must be measured *in relation to* rainfall.
農作物產量的估量需考慮到降雨量。

in addition to
除了...之外還有

in | a·ddi·tio·n | to
ɪ | ə xɪ ʃə | u

★ *In addition to* free drinks, they give small gifts.
除了供應免費飲料之外，他們還發小禮物。

in opposition to
與...的意見相左

in | o·ppo·si·tio·n | to
ɪ | ɑ xə zɪ ʃə | u

★ I'm *in opposition to* my father over this matter.
在這件事情上面，我與我父親的意見相左。

in proportion to
與...成比例

in | p·ro·po·r·tio·n | to
ɪ | ə ʃə | u

★ The payment he got is not *in proportion to* his contribution to the firm.
他所得到的報酬與他對公司的貢獻簡直不成比例。

•in co** with

聽群組
CD5-32

in company with
in comparison with
in connection with

聽片語
CD5-32

片語／中文解釋　首尾押韻／見字讀音／區分音節

in company with
和...在一起

in | co·m·pa·ny | wi·th
ɪ | kʌ ə ɪ | ɪ ð

★ She, *in company with* many of her colleges, protests this decision.
她和許多別的同學一起反對這項決議。

in comparison with
相比之下、比較起來

in	co · m · pa · ri · son	wi · th
ɪ	k ə æ ə n̩	ɪ ð

★ My handwriting is poor *in comparison with* hers.
我寫的字和她的一比就顯得蹩腳多了。

in connection with
與...有關

in	co · nn e · c · tio · n	wi · th
ɪ	k ə x ɛ k ʃ ə	ɪ ð

★ I am writing to you *in connection with* the transfer of my shop.
我正在寫信告訴你關於我店面要轉讓的事情。

•in so ＊＊＊

聽群組
CD5-33

in so far as
in so many words

聽片語
CD5-33

片語 / 中文解釋　　首尾押韻 / 見字讀音 / 區分音節

in so far as
在...範圍內、到...的程度

in	so	fa · r	as
ɪ		ɑ	æ z

★ *In so far as* I know, he has changed girlfriends five times.
就我所知，他已經換了五個女朋友。

in so many words
直截了當地、明確的

in	so	ma · ny	wor · d · s
ɪ		ɛ ɪ	ɝ z

★ “Did your father agree ?”
“He didn't say so *in so many words*, but it seems ok.
「你父親同意了嗎？」
「他沒有明說，不過應該是答應了。」

•in that ***

聽群組 CD5-34

in that
in that case

聽片語 CD5-34

片語 / 中文解釋	首尾押韻 / 見字讀音 / 區分音節
in that 因為	in (ɪ) | tha·t (ð æ)

★ He differed from others *in that* he didn't touch a drop.
他與其他人不同，因為他滴酒不沾。

in that case 如果那樣的話	in (ɪ) | tha·t (ð æ) | ca·se (k e x)

★ "I have a lot of homework to do this weekend."
"*In that case*, will you be able to go to the party with me ?"
「這個週末我得做很多作業。」
「那樣的話，你還能和我一起去舞會嗎？」

•in the ***

聽群組 CD5-35

in the way
in the open

聽片語 CD5-35

片語 / 中文解釋	首尾押韻 / 見字讀音 / 區分音節
in the way 阻礙、妨礙	in (ɪ) | the (ð ə) | way (e)

★ We could have pushed the car out of the garage but a dog was *in the way*.
我們本來可以把車推出車庫，卻被一條狗擋住了去路。

in the open
在露天、在戶外

in · the · o · pe · n
ɪ ð ə ə

★ We are going to have a dance party *in the open*.
我們將開一個露天舞會。

• in the **tive

聽群組 CD5-36

in the negative
in the affirmative

聽片語 CD5-36

片語／中文解釋 首尾押韻／見字讀音／區分音節

in the negative
否定、反對

in · the · ne · ga · ti · ve
ɪ ð ə ɛ ə ɪ x

★ I thought she would agree, but she answered *in the negative*.
我以為她會同意的，但她卻作了否定的回答。

in the affirmative
表示同意的

in · the · a · ff · ir · ma · ti · ve
ɪ ð ə ə x ɝ ə ɪ x

★ He nodded *in the affirmative*.
他點頭表示同意。

• in the m**

聽群組 CD5-37

in the main
in the meantime

聽片語
CD5-37

片語 / 中文解釋	首尾押韻 / 見字讀音 / 區分音節
in the main 大致、大體上	in the mai·n ɪ ð ə e

★ Their statements are *in the main* correct.
他們的說明大致無誤。

in the meantime 同一時間、在此期間	in the mea·n·ti·me ɪ ð ə i aɪ x

★ She can't get a job teaching at a middle school, so *in the meantime*, she is working part-time in a publishing house.
她在中學找不到職位，所以在這段時間之內，她在出版社找了一份兼職的工作。

•in the **s of

聽群組
CD5-38

in the process of
in the suburbs of

聽片語
CD5-38

片語 / 中文解釋	首尾押韻 / 見字讀音 / 區分音節
in the process of 在...的過程中	in the p·ro·ce·ss of ɪ ð ə ɑ s ɛ x ɑv

★ We are *in the process of* reshuffling the company.
本公司正在改制當中。

in the suburbs of 在郊區	in the su·bur·bs of ɪ ð ə ʌ ɝ ɑv

★ They carried out a survey *in the suburbs of* London.
他們在倫敦近郊完成一份民調。

I

•in the ***

聽群組 CD5-39

in the long run
in the mood for

聽片語 CD5-39

片語／中文解釋	首尾押韻／見字讀音／區分音節
in the long run 終究、最後、從長遠看	in the lo·ng ru·n ɪ ð ə ɔ ŋ ʌ

★ I'm sure they will break up *in the long run*.
我確信他們終究是會分手的。

片語／中文解釋	首尾押韻／見字讀音／區分音節
in the mood for 有做某事的心思	in the moo·d fo·r ɪ ð ə u ɔ

★ I'm sorry but I'm not *in the mood for* playing cards with you now.
抱歉，我現在沒心思和你玩牌。

•in** in

聽群組 CD5-40

invest in
indulge in
interfere in

聽片語 CD5-40

片語／中文解釋	首尾押韻／見字讀音／區分音節
invest in 投資	in·ve·s·t in ɪ ɛ ɪ

★ I have decided to *invest in* a new business.
我決定投資一個新生意。

indulge in
盡情享受

in · du · l · ge | in
ɪ ʌ dʒx ɪ

★ Many of his friends *indulge in* drinking wine.
他許多朋友沉迷於酒宴當中。

interfere in
干涉、介入、干預

in · ter · fe · re | in
ɪ ɚ ɪ x ɪ

★ I don't want to *interfere in* their matters.
我不想干涉他們的事。

●✱✱✱ in

聽群組 CD5-41

fail in
major in
specialize in

聽片語 CD5-41

片語／中文解釋　首尾押韻／見字讀音／區分音節

fail in
在某事物中失敗

fai · l | in
e ɪ

★ She *failed in* everything she tried.
她所做的一切全部都失敗。

major in
主修某一科目

ma · jor | in
e dʒɚ ɪ

★ I *majored in* economics at university.
我在大學時主修經濟學。

specialize in
專攻、從事

s · pe · ci a · l · iz · e | in
ɛ ʃ ə aɪ x ɪ

★ He *specializes in* computer science.
他專攻電腦科學。

• * * ate in

聽群組 CD5-42

originate in
participate in

聽片語 CD5-42

片語 / 中文解釋 | 首尾押韻 / 見字讀音 / 區分音節

originate in
由...引起、來自

o · ri · gi · na · te | in
ə ɪ dʒə e x ɪ

★ The quarrel *originated in* their disagreement over the plan.
他們的爭吵是因為對這個方案意見不一所引起。

participate in
參加、參與

pa · r · ti · ci · pa · te | in
ɑ ɪ sə e x ɪ

★ She *participated in* many activities on campus.
她參加校園裡的許多活動。

• * * d/de in

聽群組 CD5-43

abound in
confide in

聽片語
CD5-43

片語 / 中文解釋	首尾押韻 / 見字讀音 / 區分音節
abound in 有大量某事物	a · bou · n · d in ə aʊ ɪ

★ The garden *abounds in* flowers.
這個花園裡有很多花。

confide in 充分信賴	co · n · fi · de in k ə aɪ x ɪ

★ I don't think there is anyone in the firm that I can *confide in*.
我覺得公司裡面沒有我可以信賴的人。

●✱✱e in

聽群組
CD5-44

lie in
rise in
breathe in

聽片語
CD5-44

片語 / 中文解釋	首尾押韻 / 見字讀音 / 區分音節
lie in 在於、存在	li · e in aɪ x ɪ

★ His advantage *lies in* his confidence.
他的優勢在於他有自信。

rise in 河流發源於	ri · se in aɪ x ɪ

I

★ The Yangtze River *rises in* the Qingzang Plateau.
長江發源於青藏高原。

breathe in
吸入

b · rea · th e | in
i ð x | ɪ

★ *Breathing in* fresh country air makes me feel energetic.
呼吸鄉間的新鮮空氣讓我覺得神清氣爽。

● * * ll in

聽群組
CD5-45

call in
fill in
fall in

聽片語
CD5-45

片語／中文解釋　首尾押韻／見字讀音／區分音節

call in
請來、請求收回

ca · ll | in
k ɔ x | ɪ

★ I *called in* a doctor to attend my sick father.
我請了一位醫生來幫我父親看病。

fill in
替代、臨時接替

fi · ll | in
ɪ x | ɪ

★ Laura is ill at home, so I will *fill in* for her.
蘿拉生病在家，所以我來替她代班。

fall in
塌陷、倒塌

fa · ll | in
ɔ x | ɪ

★ We returned to the village only to find the roof of our old house had *fallen in*.
我們回到村裡，不料卻發現老屋的屋頂已經塌陷了。

●✱✱sist in

聽群組 CD5-46

consist in
persist in

聽片語 CD5-46

片語 / 中文解釋	首尾押韻 / 見字讀音 / 區分音節
consist in 在於、存在於	co · n · si · s · t in kə ɪ ɪ

★ The beauty of this city *consists* largely *in* its ancient flavor. 這個城市的美麗在於它有一種古韻。

persist in 堅持	per · si · s · t in ɚ ɪ ɪ

★ He *persisted in* buying that dreadful car.
他執意要買那輛破車。

●✱✱t in

聽群組 CD5-47

put in
set in
result in

聽片語 CD5-47

片語 / 中文解釋	首尾押韻 / 見字讀音 / 區分音節
put in 插嘴、插話	pu · t in ʊ ɪ

★ "Can I join in ?" my little son *put in*.
「我能參加嗎？」我的小兒子插嘴問道。

set in
開始、到來

se · t | in
ɛ | ɪ

★ Young crops are easily killed when the frost *sets in*.
農作物的幼苗在寒霜來臨時很容易被凍死。

result in
導致

re · su · l · t | in
ɪ z ʌ | ɪ

★ His carelessness *resulted in* his failure.
他的粗心大意導致了他的失敗。

●＊＊＊ into

聽群組
CD5-48

get into
run into
draw into
enter into
inquire into

聽片語
CD5-48

片語／中文解釋 首尾押韻／見字讀音／區分音節

get into
開始某事

ge · t | in · to
ɛ | ɪ u

★ They *got into* a heated argument.
他們展開一場激烈的辯論。

run into
碰見、遇到

ru · n | in · to
ʌ | ɪ u

★ I *ran into* an old classmate in the street yesterday.
昨天我在街上碰見一個老同學。

draw into
火車進站、汽車駛近

d · raw | in · to
ɔ | ɪ u

★ When she reached there, the metro was just *drawing into* the station.
當她到達那裡時，地鐵正好進站。

enter into
加入、開始

en · ter | in · to
ɛ ɚ | ɪ u

★ Three years ago, he *entered into* the jewelry business.
三年前，他開始加入珠寶的行業。

inquire into
調查、查究

in · q · ui · re | in · to
ɪ k waɪ x | ɪ u

★ We are *inquiring into* the credit standing of that company.
我們正在調查那家公司的信譽狀況。

●✻✻✻ it

聽群組 CD5-49

make it
chance it

聽片語 CD5-49

片語 / 中文解釋　　首尾押韻 / 見字讀音 / 區分音節

make it
獲得成功

ma · ke | it
e x | ɪ

★ He finally *made it* as a hair-stylist.
他終於成為一名成功的髮型設計師。

chance it
碰碰運氣、冒險

cha · n · ce | it
tʃ æ s x | ɪ

★ You may not be admitted, but why not *chance it*?
你也許不會被錄取，但何不去碰碰運氣呢？

•keep ***

聽群組 CD6-1

keep house
keep company

聽片語 CD6-1

片語／中文解釋	首尾押韻／見字讀音／區分音節
keep house 當家	kee·p (i) hou·se (aʊ x)

★ My brother *keeps house* when our parents are not at home.
父母不在家時，家裡由我哥哥當家。

片語／中文解釋	首尾押韻／見字讀音／區分音節
keep company 結交	kee·p (i) co·m·pa·ny (k ʌ ə ɪ)

★ I *kept company* with many friends during my two years' study in London.
在倫敦求學的兩年期間我結交了許多朋友。

•keep *** hours

聽群組 CD6-2

keep late hours
keep early hours

聽片語 CD6-2

片語／中文解釋	首尾押韻／見字讀音／區分音節
keep late hours 晚睡晚起	kee·p (i) la·te (e x) hour·s (x aʊ z)

★ He has formed a bad habit of *keeping late hours* since his childhood.
他從小就養成晚睡晚起的壞習慣。

keep early hours
早睡早起

kee·p | ear·ly | hour·s
i | ɝ ɪ | X aʊ z

★ *Keeping early hours* is good for your health.
早睡早起有益於身體健康。

•keep *** of

聽群組 CD6-3

keep track of
keep abreast of

聽片語 CD6-3

片語 / 中文解釋	首尾押韻 / 見字讀音 / 區分音節
keep track of 記錄	kee·p (i) t·ra·ck (æ k) of (ɑv)

★ He *kept track of* the whole process of the experiment.
他記錄下了整個實驗過程。

keep abreast of 跟上某事物	kee·p (i) a·b·rea·s·t (ə ɛ) of (ɑv)

★ We must speed up development to *keep abreast of* the times.
我們必須加快發展的速度才能跟上時代的腳步。

•k** of

聽群組 CD6-4

kind of
know of

K

聽片語
CD6-4

片語 / 中文解釋 | 首尾押韻 / 見字讀音 / 區分音節

kind of
有一點

k in · d | of
aɪ | ɑ v

★ They are not sisters but look *kind of* alike.
他們不是親姐妹卻長得有幾分相似。

know of
知道

k · now | of
x o | ɑ v

★ I don’t *know of* anyone here.
這裡我一個人都不認識。

•leave *** to be desired

聽群組 CD6-5

leave much to be desired
leave nothing to be desired

聽片語 CD6-5

片語 / 中文解釋	首尾押韻 / 見字讀音 / 區分音節
leave much to be desired 還有許多待改進之處	lea · ve mu · ch to be de · si · re · d i x ʌ tʃ u i ɪ zaɪ x

★ The new system of voting still *leaves much to be desired*.
新的選舉制度還有許多待改進之處。

leave nothing to be desired 一無可取	lea · ve no · thi · ng to be de · si · re · d i x ʌ θ ɪ ŋ u i ɪ zaɪ x

★ This craft is so terrible that it *leaves nothing to be desired*.
這個工藝品設計得一塌糊塗，簡直一無可取。

•lose **t

聽群組 CD6-6

lose heart
lose weight

聽片語 CD6-6

片語 / 中文解釋	首尾押韻 / 見字讀音 / 區分音節
lose heart 喪失勇氣	lo · se hea · r · t u z x x ɑ

★ We can't *lose heart* even if we fail in the end.
即便最後失敗，了我們也絕不能喪失勇氣。

片語 / 中文解釋	首尾押韻 / 見字讀音 / 區分音節
lose weight 減輕體重	lo · se wei · gh · t u z x e x

★ More and more girls want to *lose weight* nowadays.
現今有越來越多的女孩想減肥。

•lose one's ***

聽群組 CD6-7

lose one's head
lose one's temper

聽片語 CD6-7

片語 / 中文解釋	首尾押韻 / 見字讀音 / 區分音節
lose one's head 不知所措	lo · se o · ne' · s hea · d u z x wʌ x ɛ

★ He was too nervous and nearly *lost his head* when interviewed.
他太緊張了，面試的時候幾乎不知所措。

片語 / 中文解釋	首尾押韻 / 見字讀音 / 區分音節
lose one's temper 發脾氣	lo · se o · ne' · s te · m · per u z x wʌ x ɛ ɚ

★ Menopausal women tend to *lose their temper*.
更年期的女性容易發脾氣。

•lea ** over

聽群組 CD6-8

lean over
leave over

聽片語
CD6-8

片語 / 中文解釋	首尾押韻 / 見字讀音 / 區分音節
lean over 俯身於...之上	lea · n ō · ver i ə

★ The bar girl *leaning over* her coffee cup, is chatting with a man.
俯在咖啡杯上的酒吧女郎正在和一位男士聊天。

片語 / 中文解釋	首尾押韻 / 見字讀音 / 區分音節
leave over 留下	lea · ve ō · ver i x ə

★ He was tired so he *left* the rest of his work *over* till the next day.
他覺得累了，便把剩下的工作留待明天處理。

● * * * little of

聽群組
CD6-9

see little of
think little of

聽片語
CD6-9

片語 / 中文解釋	首尾押韻 / 見字讀音 / 區分音節
see little of 很少見	see li · ttle of i ɪ x l̩ ɑv

★ I have *seen* very *little of* John for a long time.
我幾乎見不到約翰已經很長一段時間了。

片語 / 中文解釋	首尾押韻 / 見字讀音 / 區分音節
think little of 不重視、不假思索	thi · n · k li · ttle of θ ɪ ŋ ɪ x l̩ ɑv

★ Many parents *think little of* the individual interests of their children.
許多父母都不重視孩子的個人興趣。

介系詞- to 的常見片語

● to ***

to one's face	〈當著某人的面〉	p279
to one's delight	〈使某人高興的是〉	p280

● *** to ***

as much as to say	〈等於說〉	p17
be bound to do	〈注定要做某事〉	p71
be forced to do	〈被迫做某事〉	p74
be unwilling to do	〈不願意做某事〉	p77
compare A to B	〈把A比作B〉	p99
from time to time	〈一次又一次〉	p128
not to mention	〈更別提、何況〉	p206
refuse to do	〈拒絕做某事〉	p293

● *** to

attend to	〈照料、照顧〉	p30
amount to	〈總計〉	p30
be relevant to	〈相關的〉	p63
be common to	〈共同的〉	p65
be engaged to	〈訂婚〉	p65
be junior to	〈身份低、比...年齡小〉	p70
in addition to	〈除了...之外還有〉	p175
in opposition to	〈與...的意見相左〉	p175
commit oneself to	〈致力於〉	p242
stick to	〈堅持、不放棄〉	p264
yield to	〈屈服、讓步〉	p290
due to	〈因為、由於〉	p290

Chapter 3

•make ***

聽群組
CD6-10

make clear
make money

聽片語
CD5-10

片語 / 中文解釋	首尾押韻 / 見字讀音 / 區分音節
make clear 弄清楚、明白	ma · ke ¦ c · lea · r e x ¦ k ɪ

★ It's not too late to scold him if you *make clear* the real reason.
弄清楚真正的原因之後再責備他也不遲。

片語 / 中文解釋	首尾押韻 / 見字讀音 / 區分音節
make money 賺錢	ma · ke ¦ mo · ney e x ¦ ʌ ɪ

★ She used to *make money* by washing clothes for the rich.
她過去靠幫有錢人洗衣服賺錢。

•make **e

聽群組
CD6-11

make advance
make believe

聽片語
CD5-11

片語 / 中文解釋	首尾押韻 / 見字讀音 / 區分音節
make advance 取得進步	ma · ke ¦ ad · va · n · ce e x ¦ ə æ s x

★ The newly transferred student studied very hard and soon *made advances*.
那個新來的轉學生很用功，很快就大幅進步。

make believe
假裝、假扮

ma · ke | be · lie · ve
e x | ɪ i x

★ The assassin *made believe* he was a servant and slipped into the palace.
刺客假扮成隨從潛入皇宮。

•make ＊＊＊

聽群組 CD6-12

make do with
make no difference
make an appointment

聽片語 CD6-12

片語／中文解釋　　首尾押韻／見字讀音／區分音節

make do with
設法應付、設法接受

ma · ke | do | wi · th
e x | u | ɪ ð

★ After losing, they had to *make do with* the second prize.
既然輸了，他們就必須設法接受第二名的事實。

make no difference
都一樣、沒有區別

ma · ke | no | di · ffe · re · n · ce
e x | | ɪ xə ə s x

★ She isn't interested in football at all, so the result of this game *makes no difference* to her.
她對足球一點也不感興趣，所以這場比賽輸贏對她來說都沒有差別。

make an appointment
約會

ma · ke | an | a · ppo · in · t · me · n · t
e x | æ | ə x ɔ ɪ ə

★ I have *made an appointment* with the doctor at 3:00 p.m.
我和醫生約好下午三點要會面。

• make oneself **d

聽群組 CD6-13

make oneself heard
make oneself understood

聽片語 CD6-13

片語 / 中文解釋	首尾押韻 / 見字讀音 / 區分音節
make oneself heard 使別人聽見自己說話	ma·ke o·ne·se·l·f hear·d (e x wʌ x ɛ ɝ)

★ The lecturer tried to speak loud enough to *make himself heard* by the audience sitting at the back.
演講者儘量說得大聲一點以便坐在後排的聽衆能夠聽得見。

make oneself understood 表達自己的意思	ma·ke o·ne·se·l·f un·der·s·too·d (e x wʌ x ɛ ʌ ɚ u)

★ The foreigner drew a picture for the saleswoman to *make himself understood*.
那個外國人畫了一張圖給售貨小姐來表達自己的意圖。

• make a ***

聽群組 CD6-14

make a fuss
make a scene
make a decision

聽片語 CD6-14

片語 / 中文解釋	首尾押韻 / 見字讀音 / 區分音節
make a fuss 大驚小怪、小題大做	ma·ke a fu·ss (e x ə ʌ x)

★ This is just an unimportant thing so don't *make a fuss* about it.
這不過是一件無關緊要的事，別大驚小怪了。

make a scene
當眾大吵大鬧、吵架

ma·ke	a	sce·ne
e x	ə	x i x

★ The unreasonable customer *made a scene* in the shop.
那個不講理的顧客在店裡大吵大鬧。

make a decision
下決心、做出決定

ma·ke	a	de·ci·sio·n
e x	ə	ɪ sɪ ʒ ə

★ I am happy that my father finally *made a decision* to give up smoking.
我很高興爸爸終於決定戒煙了。

•make a *** of

聽群組 CD6-15

make a fool of
make a point of doing

聽片語 CD6-15

片語／中文解釋　首尾押韻／見字讀音／區分音節

make a fool of
嘲弄、欺騙

ma·ke	a	foo·l	of
e x	ə	u	ɑv

★ The classmates *made a fool of* Jim saying he was a coward.
同學們嘲弄吉姆是個膽小鬼。

make a point of doing
重視、強調做某事

ma·ke	a	po·in·t	of	do·i·ng
e x	ə	ɔ ɪ	ɑv	u ɪ ŋ

★ We always *make a point of training our employees*.
我們一向重視員工的培訓。

• make *** for

聽群組 CD6-16

make room for
make allowances for

聽片語 CD6-16

片語 / 中文解釋	首尾押韻 / 見字讀音 / 區分音節
make room for 為...留出空間	ma · ke roo · m fo · r e x u ɔ
make allowances for 考慮到某事、體諒	ma · ke a · llow · an · ce · s fo · r e x ə x aʊ ə s ɪ z ɔ

★ The husband wants to *make room for* the computer desk in the study.
丈夫想在書房裡留一個空間擺放電腦桌。

★ We should *make allowance for* the regional differences before pursuing this policy throughout the country.
在全國推行這項政策之前，我們應當考慮到地區的差異性。

• make *** of

聽群組 CD6-17

make sense of
make nothing of

聽片語 CD6-17

片語 / 中文解釋	首尾押韻 / 見字讀音 / 區分音節
make sense of 搞清楚...的意思	ma · ke se · n · se of e x ɛ x ɑv

★ I still can't *make* any *sense of* what he's saying even though he has talked to me for such a long time.
儘管他和我講了這麼久，我還是搞不清楚他的意思。

make nothing of 不理解	ma · ke no · th i · ng of e x ʌ θ ɪ ŋ ɑ v

★ I could *make nothing of* what he said.
他說的我一句也聽不懂。

•much ***

聽群組 CD6-18

much less
much more

聽片語 CD6-18

片語 / 中文解釋	首尾押韻 / 見字讀音 / 區分音節
much less 不如、更少	mu · ch le · ss ʌ tʃ ɛ x

★ He is *much less* diligent than his brother.
他遠不如他哥哥勤奮。

much more 更加、比...多得多	mu · ch mo · re ʌ tʃ x

★ This task is *much more* difficult than we expected.
這項任務比我們想像中更加艱難。

•m** one's n**

聽群組 CD6-19

make one's name
meet one's needs

聽片語 CD6-19

片語 / 中文解釋	首尾押韻 / 見字讀音 / 區分音節
make one's name 出名	ma · ke o · ne' · s na · me e x wʌ x e x

★ The world famous film star *made her name* when she was sixteen years old.
這位世界聞名的影星十六歲時就出名了。

meet one's needs
滿足某人的需要

mee	t	o	ne'	s	nee	d	s
i		wʌ	x		i		z

★ The parents always try to *meet their daughter's needs* as much as they can.
這對父母總是儘量滿足女兒的要求。

•**o much for

聽群組 CD6-20

so much for
too much for

聽片語 CD6-20

片語 / 中文解釋 — 首尾押韻 / 見字讀音 / 區分音節

so much for
到此為止

so	mu	ch	fo	r
	ʌ	tʃ	ɔ	

★ *So much for* today's debate; please wait for the judges' final decision.
今天的辯論到此結束，請等候評委們的最後決定。

too much for
對...來說太多了

too	mu	ch	fo	r
u	ʌ	tʃ	ɔ	

★ The love from his parents was *too much for* him so he doesn't know how to reciprocate it in the future.
父母給他的愛太多了，他不知道將來何以為報。

●＊＊＊ much of

聽群組
CD6-21

see much of
think much of

聽片語
CD6-21

片語／中文解釋	首尾押韻／見字讀音／區分音節
see much of 經常和某人在一起	see (i) mu·ch (ʌ tʃ) of (ɑv)

★ They have *seen much of* each other since they fell in love.
自從他們相愛後就經常膩在一起。

think much of 重視、尊重	thi·n·k (θ ɪ ŋ) mu·ch (ʌ tʃ) of (ɑv)

★ The central government *thinks much of* this project.
中央政府十分重視這個計畫。

N

•no *** A than B

聽群組
CD6-22

no less A than B
no more A than B

聽片語
CD6-22

片語／中文解釋	首尾押韻／見字讀音／區分音節
no less A than B 不比...少、和...一樣差	no le · ss A tha · n B ɛ x ð æ

★ This exercise book is *no less difficult than that one*.
這本練習冊和那本一樣難。

no more A than B 和...一樣都不、不超過	no mo · re A tha · n B x ð æ

★ My brother is *no more intelligent than me*.
我哥哥不會比我聰明。

•no **er than

聽群組
CD6-23

no better than
no sooner than

聽片語
CD6-23

片語／中文解釋	首尾押韻／見字讀音／區分音節
no better than 不比...強、簡直是、幾乎等於	no be · tter tha · n ɛ x ɚ ð æ

★ His English is *no better than* mine.
他的英語並不比我強多少。

no sooner than
一…就

no	soo · ner	tha · n
	u ɚ	ð æ

★ It started to rain *no sooner than* we gathered in the rice.
我們剛把稻子收割進來就開始下雨了。

• not **ly

聽群組 CD6-24

not absolutely
not necessarily

聽片語 CD6-24

片語 / 中文解釋 — 首尾押韻 / 見字讀音 / 區分音節

not absolutely
不是絕對地

no · t	ab · so · lu · te · ly
ɑ	æ ə x ɪ

★ We must realize that the morals in books may *not* be *absolutely* correct.
我們必須瞭解書本上的教條不是絕對正確的。

not necessarily
不是必要地

no · t	ne · ce · ssa · ri · ly
ɑ	ɛ s ə x ɛ ə ɪ

★ "So that means he was right all along."
"*Not necessarily*!"
「這麼說來那他從頭到尾都是對的。」
「那倒不一定！」

• not to ***

聽群組 CD6-25

not to say
not to mention
not to speak of

聽片語
CD6-25

片語／中文解釋	首尾押韻／見字讀音／區分音節
not to say 雖然說不上、甚至是…	no · t to say ɑ u e

★ The design of this car shows originality, *not to say* even perfection.
這輛車的設計新穎，甚至近乎完美。

not to mention 更別提…、何況	no · t to me · n · tio · n ɑ u ɛ ʃ ə

★ Let's make up and *not to mention* this unpleasant thing again.
讓我們重修舊好，別再提這件不愉快的事情了。

not to speak of 更不用說	no · t to s · pea · k of ɑ u i ɑ v

★ He seldom takes part in social activities, *not to speak of* a large-scale conference like this.
他很少參加社交活動，更不用說這種大型會議了。

•nothing *** than

聽群組
CD6-26

nothing less than
nothing more than

聽片語
CD6-26

片語／中文解釋	首尾押韻／見字讀音／區分音節
nothing less than 不亞於、完全、全部	no · thi · ng le · ss tha · n ʌ θ ɪ ŋ ɛ x ð æ

★ This artificial ruby is exquisitely made and *nothing less than* a real one.
這顆人造紅寶石做工精湛，完全不亞於真的。

nothing more than
僅僅、只不過

no · thi · ng mo · re tha · n
ʌ θ ɪ ŋ ɚ ð æ

★ The public complained that this poll was *nothing more than* a facade.
群衆們抱怨這次的民意調查只不過是個形式而已。

O

•of ＊＊＊

聽群組 CD6-27

of late
of necessity

聽片語 CD6-27

片語／中文解釋　首尾押韻／見字讀音／區分音節

of late
最近

of | la · te
ɑv | e　x

★ I haven't seen much of him *of late*. He has been very busy at work.
我最近很少看到他。他公事纏身。

of necessity
必然地、重要的

of | ne · ce · ssi · ty
ɑv | ə　s ɛ　x ə　ɪ

★ There's nothing in this book *of necessity*.
這本書毫無內容。

•on ＊＊d

聽群組 CD6-28

on end
on guard

聽片語 CD6-28

片語／中文解釋　首尾押韻／見字讀音／區分音節

on end
連續地

on | en · d
ɑ | ɛ

★ The researcher has worked for 12 hours *on end* and needs to have a good rest.
那名研究員已經連續工作十二小時了，他需要好好地休息一下。

on guard 提防	on gu a · r · d ɑ x ɑ

★ We must be *on guard* against an enemy assault at night.
我們必須提防敵人在夜裡突襲。

•on **e

聽群組 CD6-29

on leave
on tiptoe
on principle

聽片語 CD6-29

片語／中文解釋	首尾押韻／見字讀音／區分音節
on leave 休假	on lea · ve ɑ i x

★ Mr. Roger is *on leave* now and will not be back until next Monday.
羅傑先生正在休假，下週一才會回來。

on tiptoe 踮腳地、悄悄、急切	on ti · p · to · e ɑ ɪ x

★ Many people are *on tiptoe* watching the vaudeville in the street.
許多人正踮著腳尖在街上看雜耍表演。

on principle 根據自己的道德原則	on p · ri · n · ci · ple ɑ ɪ sə l̩

★ He cannot do this kind of thing *on principle*.
根據他的道德原則，他是不可能做出這種事情的。

O

•on **ge

聽群組
CD6-30

on edge
on average

聽片語
CD6-30

片語 / 中文解釋	首尾押韻 / 見字讀音 / 區分音節
on edge 緊張不安的、易怒的	on ed g · e ɑ ɛ dʒ x

★ The mother is a bit *on edge* because it's late and her son hasn't come back yet.
母親有點不安了，因為兒子這麼晚還沒有回家。

on average 平均起來	on a · ve · ra · ge ɑ æ ə ɪ x

★ My aunt is a nurse and *on average* has to be on night shift three times a week.
我姑姑是個護士，平均一星期得值三天夜班。

•on the ***

聽群組
CD6-31

on the job
on the spot
on the contrary

聽片語
CD6-31

片語 / 中文解釋	首尾押韻 / 見字讀音 / 區分音節
on the job 正在工作	on the jo · b ɑ ð ə dʒɑ

★ The professor is *on the job* and doesn't want to be disturbed.
教授正在工作不想被打擾。

on the spot
當場

on	the	s·po·t
ɑ	ð ə	ɑ

★ The thief stealing the purse was caught *on the spot* by the policeman.
偷錢包的小偷當場就被員警逮個正著。

on the contrary
相反地

on	the	co·n·t·ra·ry
ɑ	ð ə	k ɑ ɛ ɪ

★ We took him to be a conscientious man, but *on the contrary* he has turned out to be very careless.
我們認為他是個認真負責的人，但事實恰恰相反，他非常粗心大意。

•on the ** e

聽群組
CD6-32

on the move
on the whole
on the decline
on the increase

聽片語
CD6-32

片語 / 中文解釋　　首尾押韻 / 見字讀音 / 區分音節

on the move
在活動中

on	the	mo·ve
ɑ	ð ə	u x

★ In fact, the seven plates of the earth are *on the move* all the time though we can't feel it.
雖然我們感覺不到，但事實上地球上的七大板塊一直不斷地活動著。

on the whole
大體上、基本上

on	the	who·le
ɑ	ð ə	x x

★ The benefits brought by the new product launched into the market last month are satisfying *on the whole*.
上個月投入市場的新產品所帶來的收益大體上還是令人滿意的。

on the decline
在消減、在衰退

on	the	de · c · li · ne
ɑ	ð ə	ɪ k aɪ x

★ The yearly output of this old factory has been *on the decline* in recent years.
這家老工廠的年產量這些年不斷在減少。

on the increase
在提高、在增長

on	the	in · c · rea · se
ɑ	ð ə	ɪ k i x

★ Violent crime is *on the increase* due to the proliferation of guns on the street.
街頭槍枝的激增導致暴力案件增加。

•on the *** of

聽群組
CD6-33

on the **basis** of
on the **point** of
on the **track** of
on the **occasion** of

聽片語
CD6-33

片語／中文解釋 首尾押韻／見字讀音／區分音節

on the basis of
以…為基礎

on	the	ba · si · s	of
ɑ	ð ə	e ɪ	ɑ v

★ We would like to develop friendly relations with other countries *on the basis* of equality and mutual benefit.
我們願意在平等互惠的基礎上與其他國家發展友好關係。

on the point of
正要做某事時

on	the	po · in · t	of
ɑ	ð ə	ɔ ɪ	ɑ v

★ I was *on the point of* going out when the telephone rang.
當電話鈴聲響起時我正準備出門。

on the track of
追蹤。

on	the	t·ra·ck	of
ɑ	ð ə	æ k	ɑ v

★ The police are *on the track of* the gangster.
警方正在追查這個幫派的行蹤。

on the occasion of
在某事件的時候

on	the	o·cca·sio·n	of
ɑ	ð ə	ə k x e ʒ ə	ɑ v

★ They celebrated *on the occasion of* the Queen's birthday.
他們在女皇生日當天大肆慶祝。

•on the **e of

聽群組 CD6-34

on the side of
on the verge of

聽片語 CD6-34

片語 / 中文解釋　　首尾押韻 / 見字讀音 / 區分音節

on the side of
支持、站在...一邊

on	the	si·de	of
ɑ	ð ə	aɪ x	ɑ v

★ We must be *on the side of* the righteous at all times.
無論什麼時候我們都必須支持正義的一方。

on the verge of
瀕臨、接近於

on	the	ver·ge	of
ɑ	ð ə	ɜ dʒ x	ɑ v

★ The firm is *on the verge of* bankruptcy resulting from bad management.
公司由於經營不善而瀕臨破產。

O

•out of ***

聽群組
CD6-35

out of work
out of tune
out of sight
out of health
out of despair

聽片語
CD6-35

片語 / 中文解釋	首尾押韻 / 見字讀音 / 區分音節
out of work 失業	ou · t of wor · k aʊ ɑv ɝ

★ The young man is in a bad mood because he was just made *out of work* yesterday.
這個年輕人心情很糟因為他昨天剛失業。

out of tune 走音	ou · t of tu · ne aʊ ɑv ju x

★ The music teacher often criticizes Jim for being *out of tune*.
音樂老師經常批評吉姆唱歌走音。

out of sight 在看不見的地方	ou · t of si · gh · t aʊ ɑv aɪ x

★ The ship has made sail and gradually going *out of sight* in the distance.
輪船起航了，逐漸消失在遠處。

out of health 身體狀況不佳	ou · t of hea · l · th aʊ ɑv ɛ θ

★ You'll be *out of health* if you often stay up late.
如果你經常熬夜會把身體搞壞的。

out of despair
由於絕望、脫離絕望

ou · t | of | de · s · pai · r
aʊ | ɑv | ɪ ɛ

★ There's a way *out of despair*.
有一個脫離絕境的方法。

•out of c**

聽群組 CD6-36

out of control
out of curiosity

聽片語 CD6-36

片語 / 中文解釋 — 首尾押韻 / 見字讀音 / 區分音節

out of control
失去控制

ou · t | of | co · n · t · ro · l
aʊ | ɑv | k ə

★ The machine is *out of control* and can't stop running.
那台機器失去控制，不停地運轉著。

out of curiosity
由於好奇

ou · t | of | cu · ri · o · si · ty
aʊ | ɑv | kjʊ ɪ ɑ ə ɪ

★ Many tourists visit this "Mysterious Palace" *out of curiosity*.
許多遊客因為好奇而參觀了這座"神秘宮殿"。

•out of f**

聽群組 CD6-37

out of fear
out of fashion

聽片語
CD6-37

片語／中文解釋	首尾押韻／見字讀音／區分音節
out of fear 由於恐懼	ou · t / of / fea · r aʊ / ɑv / ɪ

★ The little boy cried *out of fear* at midnight because of the thunder.
小男孩半夜被雷聲嚇得哭了起來。

out of fashion 過時、不流行	ou · t / of / fa · shio · n aʊ / ɑv / æ ʃ ə

★ This skirt bought last summer is *out of fashion* now.
這條裙子是去年夏天買的，現在已經過時了。

• out of the ＊＊＊

聽群組
CD6-38

out of the **way**
out of the **blue**
out of the **question**

聽片語
CD6-38

片語／中文解釋	首尾押韻／見字讀音／區分音節
out of the way 偏遠的、偏僻的	ou · t / of / the / way aʊ / ɑv / ð ə / e

★ The poor student comes from a small *out of the way* village.
這個窮學生來自一個偏遠的小村莊。

out of the blue 意外地、未事先告知	ou · t / of / the / b · lu · e aʊ / ɑv / ð ə / x

★ *Out of the blue* he received a special present on his birthday.
他生日那天意外地收到一份特別的禮物。

out of the question 不可能的	ou·t of the q·ue·s·tio·n aʊ ɑv ðə k wɛ tʃə

★ Landing on the moon was *out of the question* 100 years ago.
在一百年前，要登陸月球是不可能的事情。

●＊＊＊ of

聽群組 CD6-39

plenty of
irrespective of

聽片語 CD6-39

片語／中文解釋	首尾押韻／見字讀音／區分音節
plenty of 充足的、許多	p·le·n·ty of ɛ ɪ ɑv

★ There is *plenty of* rain in this area.
這個地區雨水充足。

irrespective of 不顧、不考慮	i·rre·s·pe·c·ti·ve of ɪ x ɪ ɛ k ɪ x ɑv

★ Everyone is equal before the law *irrespective of* class.
不分等級，法律之前人人平等。

●＊＊re of

聽群組 CD6-40

beware of
inquire of

聽片語
CD6-40

片語 / 中文解釋	首尾押韻 / 見字讀音 / 區分音節
beware of 謹防、當心	be · wa · re of ɪ ɛ x ɑv

★ The conductor reminds passengers to *beware of* pickpockets on the bus.
售票員提醒乘客在公車上要謹防扒手。

inquire of 詢問	in · q · u i · re of ɪ k waɪ x ɑv

★ You can go to the travel agency to *inquire of* air tickets.
你可以去旅行社詢問有關機票的事宜。

● * * s of

聽群組
CD6-41

dozens of
scores of
regardless of

聽片語
CD6-41

片語 / 中文解釋	首尾押韻 / 見字讀音 / 區分音節
dozens of 許多	do · zen · s of ʌ n̩ z ɑv

★ There are *dozens of* new fashions coming into the market every season.
每一季都有許多新款的服飾上市。

scores of 好幾十個、許多	s · co · re · s of k x z ɑv

★ *Scores of* passengers lost their lives in this air crash.
在這次空難中，有好幾十位乘客喪生。

regardless of
不管、不顧

re·ga·r·d·le·ss of
ɪ ɑ ɪ x ɑv

★ My uncle keeps doing exercise every morning *regardless of* the weather.
不管天氣如何，我叔叔堅持每天早上鍛鍊身體。

• * * st of

聽群組 CD6-42

boast of
consist of

聽片語 CD6-42

片語 / 中文解釋 | 首尾押韻 / 見字讀音 / 區分音節

boast of
自誇、吹牛

boa·s·t of
o ɑv

★ That guy always likes to *boast of* his wealth before friends.
那傢伙總喜歡在朋友面前吹噓他的財富。

consist of
由...組成、包括

co·n·si·s·t of
kə ɪ ɑv

★ This detective novel *consists of* twelve chapters.
這部偵探小說是由十二個章節組成。

• * * t of all

聽群組 CD6-43

best of all
least of all

O

聽片語 CD6-43

片語 / 中文解釋	首尾押韻 / 見字讀音 / 區分音節
best of all 最好的	be · s · t of al · l ɛ ɑ v ɔ x

★ This brand of microwave oven is the *best of all*.
這種品牌的微波爐是同類產品之中最好的。

片語 / 中文解釋	首尾押韻 / 見字讀音 / 區分音節
least of all 尤其、最不	lea · s · t of al · l i ɑ v ɔ x

★ There is very little precipitation in western areas, and *least of all* during the summer.
西部地區的降雨量非常少，尤其是在夏天。

• * * * of one's * * s

聽群組 CD6-44

out of one's wits
none of one's business

聽片語 CD6-44

片語 / 中文解釋	首尾押韻 / 見字讀音 / 區分音節
out of one's wits 發瘋、不知所措	ou · t of on · e' · s wi · t · s aʊ ɑ v wʌ x ɪ

★ She was nearly *out of her wits* at the news of her son's loss.
得知兒子失蹤的消息時，她幾乎要發瘋了。

片語 / 中文解釋	首尾押韻 / 見字讀音 / 區分音節
none of one's business 不關某人的事	no · ne o f on · e' · s bu · s i · ne · s s ʌ x ɑ v wʌ x ɪ z x ɪ x

★ Whether he will leave the company or not is *none of your business*.
他是否會離開公司都不關你的事。

• * * * off

聽群組
CD6-45

run off
drop off
show off

聽片語
CD6-45

片語 / 中文解釋	首尾押韻 / 見字讀音 / 區分音節
run off 逃跑、流出	ru · n of · f ʌ ɔ x

★ The accountant has *run off* with a large sum of public money.
那個會計已經攜帶一大筆公款逃跑了。

drop off 逐漸減少	d · ro · p of · f ɑ ɔ x

★ The number of customers at this shop has *dropped off* since the opposite one opened.
自從對面的商店開張以來，這家店的顧客就逐漸減少。

show off 炫耀、賣弄	sh ow of · f ʃ o ɔ x

★ The woman is *showing off* the necklace her husband bought for her.
那女人正在炫耀她丈夫買給她的項鍊。

O

• * * ay off

聽群組
CD6-46

pay off
lay off

聽片語
CD6-46

片語 / 中文解釋 | 首尾押韻 / 見字讀音 / 區分音節

pay off
還清

p ay | of · f
e | ɔ x

★ The company's debts have to be *paid off* by the end of October.
那家公司的債款必須在十月底之前還清。

lay off
解雇

l ay | of · f
e | ɔ x

★ We must ensure basic rights for *laid off* workers.
我們必須保障被解雇的工人的基本權利。

• * * ave off

聽群組
CD6-47

have off
leave off

聽片語
CD6-47

片語 / 中文解釋 | 首尾押韻 / 見字讀音 / 區分音節

have off
脫下

h a · ve | of · f
æ x | ɔ x

★ The lady *has* taken her overcoat *off*.
那位女士已經脫下了她的大衣。

leave off 停止	lea · ve · of · f (i x ɔ x)

★ The downpour hasn't *left off* until this morning.
豪雨直到今天早上才停。

• * * k off

聽群組 CD6-48

break off
knock off

聽片語 CD6-48

片語／中文解釋	首尾押韻／見字讀音／區分音節
break off 中斷、突然停止	b · rea · k · of · f (e ɔ x)

★ Negotiations on economic exchange between the two regions have *broken off*.
關於兩地經濟交流的談判中斷了。

knock off 擊倒、敲掉	k · no · ck · of · f (x ɑ k ɔ x)

★ I'll *knock off* 20% from the retail price.
我會照零售價再降百分之二十。

• * * t off

聽群組 CD6-49

set off
right off

聽片語
CD6-49

片語 / 中文解釋	首尾押韻 / 見字讀音 / 區分音節
set off 出發、動身	se · t of · f ɛ ɔ x

★ The mountaineering expedition *set off* at 4 o'clock this morning.
登山隊今天凌晨四點出發。

right off 立刻、馬上	ri · gh · t of · f aɪ x ɔ x

★ The police came to the spot *right off* after receiving the phone.
員警一接到報案電話就馬上趕至現場。

● * * * on

聽群組
CD6-50

hang on
draw on

聽片語
CD6-50

片語 / 中文解釋	首尾押韻 / 見字讀音 / 區分音節
hang on 依賴於某事物	ha · ng on æ ŋ ɑ

★ Drinking water for the whole village *hangs on* this well.
全村的人飲水都靠這口井。

draw on 利用	d · raw on ɔ ɑ

★ We should *draw on* advanced scientific technology from abroad.
我們應當利用國外先進的科學技術。

●＊＊d on

聽群組 CD6-51

feed on
attend on

聽片語 CD6-51

片語／中文解釋	首尾押韻／見字讀音／區分音節
feed on 以...為食	fee · d on (i, ɑ)
attend on 伺候、照料	a · tt e · n · d on (ə, x ɛ, ɑ)

★ Small fish *feed on* microorganisms in the water.
小魚把水裡的微生物當食物。

★ She didn't work beyond *attending on* her husband at home.
她除了在家照料丈夫以外沒有兼任何工作。

●＊＊k/ke on

聽群組 CD6-52

look on
embark on
take on
strike on

聽片語
CD6-52

片語 / 中文解釋 | 首尾押韻 / 見字讀音 / 區分音節

look on
看待、旁觀

loo · k on
ʊ ɑ

★ He never cares about how other people *look on* him.
他從不在乎周圍的人怎麼看他。

embark on
著手、從事

em · ba · r · k on
ɪ ɑ ɑ

★ The directorate has *embarked on* the work arrangement for the next stage.
董事會已經開始著手進行下一階段的準備工作了。

take on
呈現、承擔、具有

ta · ke on
e x ɑ

★ The whole city has *taken on* a new look after three years' construction.
經過三年的建設，整座城市呈現了全新的風貌。

strike on
打在...之上

s · t · ri · ke on
aɪ x ɑ

★ I *struck* my knees *on* the rock.
我的膝蓋撞上了大岩石。

• * * ll on

聽群組
CD7-1

fall on
tell on
dwell on

聽片語
CD7-1

片語 / 中文解釋	首尾押韻 / 見字讀音 / 區分音節
fall on 猛烈攻擊、落在...	fa · ll on ɔ x ɑ

★ The American bomb didn't *fall on* its intended target.
美軍的炸彈並未落在預定攻擊目標上。

tell on 告密	te · ll on ɛ x ɑ

★ Shirley found her classmate sitting beside her cheating in the exam and *told on* him.
莎莉發現她同桌考試的人作弊並告了他一狀。

dwell on 詳述	d · we · ll on ɛ x ɑ

★ The author *dwells on* the theory of nuclear fission in this book.
作者在這本書中詳細闡述了原子核分裂的原理。

●✻✻st on

聽群組
CD7-2

rest on
insist on

聽片語
CD7-2

片語 / 中文解釋	首尾押韻 / 見字讀音 / 區分音節
rest on 停留在	re · s · t on ɛ ɑ

★ It is unwise to *rest on* your laurels.
滿足於眼前的榮耀是不智之舉。

insist on
堅決要求、堅持

in · si · s · t on
ɪ ɪ ɑ

★ The female workers in the factory *insist on* receiving the same treatment as their male colleagues.
廠內的女工堅決要求與男工享受相同的待遇。

•✱✱t/te on

聽群組
CD7-3

act on
count on
operate on

聽片語
CD7-3

片語 / 中文解釋 | 首尾押韻 / 見字讀音 / 區分音節

act on
對...起作用、作用於

a c · t on
æ k ɑ

★ The medicine won't *act on* you for a half an hour.
這種藥半小時之後才會對你起作用。

count on
依靠、指望

c ou · n · t on
k aʊ ɑ

★ He is the only son and the family is *counting on* him.
他是獨生子，家裡所有的希望都放在他身上了。

operate on
對...動手術

o · pe · ra · te on
ɑ ə e x ɑ

★ The doctor can't answer the telephone now for he is *operating on* a patient.
醫生現在不能接電話，因為他正在幫病人動手術。

●＊＊＊ one's ＊＊＊（1）

聽群組
CD7-4

earn one's living
watch one's step
against one's will
beyond one's control

聽片語
CD7-4

片語／中文解釋	首尾押韻／見字讀音／區分音節
earn one's living 謀生	ear·n o·ne'·s li·vi·ng ɝ wʌ x ɪ ɪ ŋ

★ The street painter *earns his living* by drawing the portraits of passersby.
這位街頭畫家靠給路人畫肖像謀生。

watch one's step 走路小心、謹慎	wa·tch o·ne'·s s·te·p ɑ tʃ wʌ x ɛ

★ The board ahead reminds the passersby to *watch their steps* on rainy days.
前方的牌子提醒路人雨天走路要小心。

against one's will 違背良心地	a·gai·n·s·t o·ne'·s wi·ll ə ɛ wʌ x ɪ

★ The husband lied to his wife *against his will*.
丈夫昧著良心向妻子撒了謊。

beyond one's control 在某人的控制範圍之外	be·y·o·n·d on·e's co·n·t·ro·l ɪ j ɑ wʌ x kə

★ Change of weather is *beyond your control*.
自然界的天氣變化不是你所能控制的。

•*** one's *** (2)

聽群組 CD7-5

at one's wit's end
to one's heart's content
with one's mouth full

聽片語 CD7-5

片語 / 中文解釋 — 首尾押韻 / 見字讀音 / 區分音節

at one's wit's end
全然不知所措

at	o · ne' · s	wi · t' · s	en · d
æ	wʌ x	ɪ	ɛ

★ We are *at our wit's end* and can't think of a better idea.
我們已經全然不知所措，想不出更好的辦法了。

to one's heart's content
盡情地

to	o · ne's	hea · r · t' · s	co · n · te · n · t
u	wʌ x	x ɑ	k ə ɛ

★ We sang and danced *to our hearts' content* at the party.
在晚會上我們盡情地唱歌跳舞。

with one's mouth full
嘴裡滿是東西

wi · th	o · ne' · s	mou · th	fu · ll
ɪ	wʌ x	aʊ θ	ʊ x

★ It is impolite to talk to others *with your mouth full*.
嘴巴塞滿東西和別人說話是不禮貌的。

•*** one's *** (3)

聽群組 CD7-6

keep one's fingers crossed
breathe one's last breath

聽片語
CD7-6

片語／中文解釋	首尾押韻／見字讀音／區分音節
keep one's fingers crossed 禱告、祈願	kee·p one'·s fi·n·ger·s c·ro·sse·d i wʌ x ɪ ŋ ɚ ɔ x x t

★ Marry *kept her fingers crossed* while making a wish that she could pass the exam.
瑪麗祈禱自己能順利通過考試。

breathe one's last breath 死亡、斷氣	b·rea·the o·ne'·s la·s·t b·rea·th i ð x wʌ x æ ɛ θ

★ The patient suffering from cancer *breathed his last breath* last night.
那位罹患癌症的病人昨晚死了。

•**e one's **ce

聽群組
CD7-7

take one's advice
leave one's office

聽片語
CD7-7

片語／中文解釋	首尾押韻／見字讀音／區分音節
take one's advice 接受某人的建議	ta·ke o·ne'·s ad·vi·ce e x wʌ x ə aɪ s x

★ You'd better *take the doctor's advice* and stop smoking.
你最好接受醫生的建議，別再抽煙了。

leave one's office 離職、離任	lea·ve o·ne'·s o·ffi·ce i x wʌ x ɔ xɪ s x

★ The primary sales manager *left his office* last week and went to America.
原本的行銷部經理上星期離職，到美國去了。

O

●*** one's + 身體器官

聽群組
CD7-8

pull one's leg
bite one's lip
slip one's mind

聽片語
CD7-8

片語 / 中文解釋	首尾押韻 / 見字讀音 / 區分音節
pull one's leg 開某人的玩笑、耍弄某人	pu · ll o · ne' · s le · g ʊ x wʌ x ɛ

★ The classmates often *pull Jack's leg* for he is too inflexible.
同學們經常開傑克的玩笑，因為他太呆板了。

bite one's lip 咬住嘴唇忍著	bi · te o · ne' · s li · p aɪ x wʌ x ɪ

★ The girl *bit her lip* to refrain from crying when being criticized by her teacher.
被老師批評時，小女孩咬住嘴唇不讓自己哭出來。

slip one's mind 使某人一時想不起來	s · li · p o · ne' · s mi · n · d ɪ wʌ x aɪ

★ His name *slips my mind* for I haven't seen him for many years.
我很多年沒看見他了，所以一時之間想不起他的名字。

●*** one's breath

聽群組
CD7-9

hold one's breath
catch one's breath
under one's breath

聽片語
CD7-9

片語 / 中文解釋	首尾押韻 / 見字讀音 / 區分音節
hold one's breath 屏息	ho · l · d o · ne' · s b · rea · th wʌ x ɛ θ

★ The audience *held their breath* watching the tamer put his head into a tiger's mouth.
觀衆屏住呼吸，看著馴獸師把頭放進老虎的嘴裡。

catch one's breath 因震驚而一時屏住呼吸	ca · tch o · ne' · s b · rea · th kæ tʃ wʌ x ɛ θ

★ Linda was so frightened she *caught her breath* when hearing the sound downstairs.
聽見樓下有聲響，琳達嚇得屏住了呼吸。

under one's breath 低聲地說	un · der o · ne' · s b · rea · th ʌ ɚ wʌ x ɛ θ

★ It is impolite for students to speak *under their breath* in class.
學生上課時在底下低聲說話是不禮貌的。

•*** one's heart

聽群組
CD7-10

from one's heart
set one's heart on

聽片語
CD7-10

片語 / 中文解釋	首尾押韻 / 見字讀音 / 區分音節
from one's heart 由衷地、衷心地	f · ro · m o · ne' · s hea · r · t ɑ wʌ x x ɑ

★ We thank you *from* the bottom of *our hearts* for what you have done for this talk.
我們由衷地感謝您為這次會談所做的一切。

set one's heart on
渴望

se·t o·ne'·s he a·r·t on
ɛ wʌ x x ɑ ɑ

★ Many poor children from underprivileged counties *set their hearts on* going to school.
下層社會的許多窮孩子很渴望上學。

●＊＊＊ one's means

聽群組
CD7-11

within one's means
beyond one's means

聽片語
CD7-11

片語 / 中文解釋　首尾押韻 / 見字讀音 / 區分音節

within one's means
量入為出

wi·thi·n o·ne'·s mea·n·s
ɪ ð ɪ wʌ x i z

★ Tim lives *within his means* for the income is too low.
堤姆的收入非常有限，過著量入為出的生活。

beyond one's means
入不敷出

be·yo·n·d o·ne'·s mea·n·s
ɪ j ɑ wʌ x i z

★ She is almost living *beyond her means* this month due to buying too many clothes.
她這個月買太多衣服，幾乎快入不敷出了。

●＊＊＊ one's feet

聽群組
CD7-12

on one's feet
rise to one's feet

聽片語
CD7-12

片語／中文解釋	首尾押韻／見字讀音／區分音節
on one's feet 恢復健康	on (ɑ) | o·ne'·s (wʌ x) | feet (i)

★ He is *on his feet* and can leave hospital tomorrow.
他已經恢復健康，明天就可以出院了。

片語／中文解釋	首尾押韻／見字讀音／區分音節
rise to one's feet 站起來	ri·se (aɪ z x) | to (u) | o·ne'·s (wʌ x) | feet (i)

★ Students should *rise to their feet* when answering questions.
學生回答問題時應該起立。

●＊＊＊ one's mind

聽群組
CD7-13

read one's mind
out of one's mind
come to one's mind

聽片語
CD7-13

片語／中文解釋	首尾押韻／見字讀音／區分音節
read one's mind 理解某人	rea·d (i) | o·ne'·s (wʌ x) | mi·n·d (aɪ)

★ The children should also learn to *read their parents' minds*.
孩子們也應當學會理解他們的父母。

片語／中文解釋	首尾押韻／見字讀音／區分音節
out of one's mind 發瘋、發狂	ou·t (aʊ) | of (ɑ v) | o·ne'·s (wʌ x) | mi·n·d (aɪ)

★ You must be out of your mind for taking a cold bath on such a freezing day.
這麼冷的天你還洗冷水澡，簡直是瘋了。

come to one's mind
出現於某人的腦海中

co·me	to	o·ne'·s	mi·n·d
kʌ x	u	wʌ x	aɪ

★ The childhood comes to my mind again.
童年的往事又出現在我的腦海中。

●*** one's own *** (1)

聽群組 CD7-14

at one's own risk
in one's own hand
of one's own accord

聽片語 CD7-14

片語／中文解釋　首尾押韻／見字讀音／區分音節

at one's own risk
由自己負責

at	o·ne'·s	own	ri·s·k
æ	wʌ x	o	ɪ

★ You can swim here at your own risk.
要在這兒游泳可以，後果自行負責。

in one's own hand
在某人自己的掌控之下

in	o·ne'·s	own	ha·n·d
ɪ	wʌ x	o	æ

★ It's in our own hands how to use this fund effectively.
如何有效運用這筆資金完全掌控於我們自己手中。

of one's own accord
自願地

of	o·ne'·s	own	a·cco·r·d
ɑv	wʌ x	o	ə k x ɔ

★ Many young men join in the army of their own accord.
許多年輕人自願加入軍隊的行列。

•*** one's own *** (2)

聽群組 CD7-15

have one's own way
mind one's own business

聽片語 CD7-15

片語 / 中文解釋	首尾押韻 / 見字讀音 / 區分音節
have one's own way 為所欲為、隨心所欲	ha·ve o·ne'·s own way (æ x wʌ x o e)

★ That guy *has his own way* of doing business.
那傢伙依著自己的方式做生意。

片語 / 中文解釋	首尾押韻 / 見字讀音 / 區分音節
mind one's own business 管好某人自己的事	mi·n·d o·ne'·s own bu·si·ne·ss (aɪ wʌ x o ɪ z x ɪ x)

★ *Mind your own business* and don't interfere with others' privacy.
管好你自己的事，別干涉別人的隱私。

•*** one's *** to

聽群組 CD7-16

open one's eyes to
draw one's attention to

聽片語 CD7-16

片語 / 中文解釋	首尾押韻 / 見字讀音 / 區分音節
open one's eyes to 使某人看清	o·pe·n o·ne'·s ey·es to (ə wʌ x aɪ x u)

★ We must *open our eyes to* identify the real appearance of the enemy.
我們必須看清敵人的真面目。

O

draw one's attention to
吸引某人的注意力

d · raw	o · ne' · s	a · tte · ntio · n	to
ɔ	wʌ x	ə xɛ ʃə	u

★ The anonymous letter *drew the leader's attention to* capital loss.
這封匿名信引起領袖對資產流失的重視。

●＊＊＊ one's tongue

聽群組 CD7-17

hold one's tongue
watch one's tongue

聽片語 CD7-17

片語／中文解釋　　首尾押韻／見字讀音／區分音節

hold one's tongue
保持沈默、肅靜

ho · l · d	o · ne' · s	to · ng · ue
	wʌ x	ʌ ŋ x x

★ Mr. Roberts kept *holding his tongue* throughout the meeting.
羅伯特先生在這次會議中始終保持沈默。

watch one's tongue
注意某人的言詞

wa · tch	o · ne' · s	to · ng · ue
ɑ tʃ	wʌ x	ʌ ŋ x x

★ Everyone must *watch his tongue* on public occasions.
每個人在公共場合都要注意自己的言詞。

●＊＊＊ one's way

聽群組 CD7-18

push one's way
elbow one's way

聽片語 CD7-18

片語／中文解釋	首尾押韻／見字讀音／區分音節
push one's way 推擠著他人往前走	pu · sh o · ne' · s way U ʃ WΛ X e

★ The passengers wanting to get off have to *push their way* through the crowded bus.
在擁擠的公車上，想下車的乘客得推擠著別人往前走。

elbow one's way 用手肘擠著前進	el · bow o · ne' · s way ε o WΛ X e

★ There are too many people and we have to *elbow our way* through the crowd.
人太多了，我們不得不邊擠邊前進。

●＊＊＊ one's word

聽群組 CD7-19

give one's word
keep one's word

聽片語 CD7-19

片語／中文解釋	首尾押韻／見字讀音／區分音節
give one's word 許諾、保證	gi · ve o · ne' · s wor · d I X WΛ X ɜ

★ We *give our word* that the goods will be delivered on time.
我們保證貨物將準時送達。

keep one's word 信守諾言	kee · p o · ne' · s wor · d i WΛ X ɜ

★ The father *kept his word* and gave his son a bicycle as the birthday gift.
爸爸信守諾言送給兒子一輛腳踏車當生日禮物。

O

●＊＊＊ oneself

聽群組
CD7-20

of oneself
report oneself
express oneself

聽片語
CD7-20

片語／中文解釋	首尾押韻／見字讀音／區分音節
of oneself 自動地	of ｜ o · ne · se · l · f ɑ v ｜ wʌ x ɛ

★ The door closed *of itself* after we got on the bus.
我們上了公車後車門便自動關上了。

report oneself 報到	re · po · r · t ｜ o · ne · se · l · f ɪ ｜ wʌ x ɛ

★ The new school leaver will *report himself* to the company tomorrow.
那個剛畢業的大學生明天會到公司報到。

express oneself 表達自己的思想	ex · p · re · ss ｜ o · ne · se · l · f ɪ ks ɛ x ｜ wʌ x ɛ

★ The prizewinner is too excited to know how to *express herself* at this moment.
那個得獎者太激動了，不知道該如何表達自己此刻的感想。

●＊＊e oneself for

聽群組
CD7-21

excuse oneself for
prepare oneself for

聽片語
CD7-21

片語 / 中文解釋	首尾押韻 / 見字讀音 / 區分音節
excuse oneself for 因...為自己辯解	ex·cu·se o·ne·se·l·f fo·r ɪks kju z x wʌ x ɛ ɔ

★ The suspect *excused himself for* not being on the scene that day.
嫌疑犯為自己那天不在現場而辯解。

prepare oneself for 為...做準備	p·re·pa·re o·ne·se·l·f fo·r ɪ ɛ x wʌ x ɛ ɔ

★ The students are busy *preparing themselves for* the final exams.
學生們正忙著為期末考做準備。

●＊＊＊ oneself to

聽群組
CD7-22

give oneself to
exert oneself to
commit oneself to

聽片語
CD7-22

片語 / 中文解釋	首尾押韻 / 見字讀音 / 區分音節
give oneself to 沈溺於、埋首於...	gi·ve o·ne·se·l·f to ɪ x wʌ x ɛ u

★ Tom *gave himself to* work.
湯姆埋首於工作當中。

exert oneself to
盡力

e·x·er·t | o·ne·se·l·f | to
ɪ gz ɝ | wʌ x ɛ | u

★ He always *exerts himself to* help his friends out.
他總是盡力幫助朋友脫離困境。

commit oneself to
致力於

co·mmi·t | o·ne·se·l·f | to
k ə x ɪ | wʌ x ɛ | u

★ Scientific research has *committed itself to* finding a cure for AIDS.
科學研究致力於開發治療愛滋病的新藥。

●＊＊＊ out

聽群組 CD7-23

fill out
bring out

聽片語 CD7-23

片語 / 中文解釋 | 首尾押韻 / 見字讀音 / 區分音節

fill out
填寫

fi·ll | ou·t
ɪ x | aʊ

★ Anyone who wants to go abroad must *fill out* the visa application.
任何人想出國都必須填寫簽證申請表。

bring out
生產、拿出

b·ri·ng | ou·t
ɪ ŋ | aʊ

★ The company plans to *bring out* a new computer next year.
公司打算明年生產一種新型電腦。

•**e out

聽群組 CD7-24

leave out
inside out
single out

聽片語 CD7-24

片語 / 中文解釋	首尾押韻 / 見字讀音 / 區分音節
leave out 省去、遺漏	lea · ve ou · t i x aʊ

★ I *left out* some parts of this book in order to finish it as soon as possible.
為了儘快看完這本書我略過部分章節。

inside out 徹底地	in · si · de ou · t ɪ aɪ x aʊ

★ We have to investigate this corruption *inside out*.
我們必須徹底地調查這次的貪污事件。

single out 挑選	si · n · gle ou · t ɪ ŋ l̩ aʊ

★ It is a headache for him to *single out* a Christmas gift for his girlfriend.
為女朋友挑選聖誕禮物對他來說是件頭疼的事。

•**ear out

聽群組 CD7-25

hear out
wear out

O

聽片語
CD7-25

片語 / 中文解釋	首尾押韻 / 見字讀音 / 區分音節
hear out 聽完	h ea · r ou · t ɪ aʊ

★ The manager of the service department *heard out* the customer's complaints with patience.
客服部經理耐心地聽完了顧客的怨言。

wear out 穿破、用壞	w ea · r ou · t ɛ aʊ

★ He is very thrifty and doesn't throw away *worn out* clothes.
他非常節儉，即使衣服穿破了也捨不得扔掉。

•**k out

聽群組
CD7-26

thin k out
bac k out
spea k out

聽片語
CD7-26

片語 / 中文解釋	首尾押韻 / 見字讀音 / 區分音節
think out 想出、徹底思考	th i · n · k ou · t θ ɪ ŋ aʊ

★ I need some time to *think* this *out*.
我需要時間仔細思考這件事。

back out 取消、退出	ba · ck ou · t æ k aʊ

★ The cunning boss *backed out* of his promise to raise the workers' salaries.
那狡猾的老闆取消了幫工人加薪的承諾。

speak out 大膽地說出	s · pea · k ou · t i aʊ

★ The employees' representative *speaks out* his opinion at the annual meeting.
員工代表在年會上大膽地說出了他的意見。

• * * p/pe out

聽群組 CD7-27

wipe out
keep out

聽片語 CD7-27

片語 / 中文解釋	首尾押韻 / 見字讀音 / 區分音節
wipe out 徹底消滅某事物	wi · pe ou · t aɪ x aʊ

★ The cultural department launched a national movement to *wipe out* piracy.
文化部在全國發起一項徹底清除盜版的活動。

keep out 使...不進入	kee · p ou · t i aʊ

★ People often close their windows in winter to *keep out* the cold wind.
冬天裡人們通常把窗子都關上不讓寒風吹進來。

O

●✱✱ss out

聽群組
CD7-28

pass out
cross out

聽片語
CD7-28

片語 / 中文解釋	首尾押韻 / 見字讀音 / 區分音節
pass out 昏厥、失去知覺	pa · ss ou · t æ x aU

★ She *passed out* due to being overtired for too long.
她由於長時間過度勞累而昏過去了。

片語 / 中文解釋	首尾押韻 / 見字讀音 / 區分音節
cross out 刪除、註銷	c · ro · ss ou · t k ɔ x aU

★ Your E-mail account will be *crossed out* if you don't open it for one month.
你的電子信箱如果一個月不登入的話，帳號將會被刪除。

●✱✱t out

聽群組
CD7-29

eat out
cut out
let out
sort out

聽片語
CD7-29

片語 / 中文解釋	首尾押韻 / 見字讀音 / 區分音節
eat out 上餐館吃飯、腐壞	ea · t ou · t i aU

★ We usually *eat out* on Friday evenings.
我們週五晚上一般上餐館吃飯。

cut out
切掉、取代

cu·t ou·t
k ʌ aʊ

★ The movie editor had to *cut out* the bad scene.
電影剪輯師必須把拍壞的部分修剪掉。

let out
洩露、放掉

le·t ou·t
ɛ aʊ

★ Anyone who *lets out* the secret will be expelled from the party.
任何洩密者都會被開除黨籍。

sort out
挑選、解決

so·r·t ou·t
ɔ aʊ

★ Could you please *sort out* your own problems？
可以拜託你解決自己的問題嗎？

•**y out

聽群組 CD7-30

lay out
try out

聽片語 CD7-30

片語／中文解釋　　首尾押韻／見字讀音／區分音節

lay out
展示、佈置

lay ou·t
e aʊ

★ Many ancient historical cultural relics are *laid out* in the museum.
博物館裡展示許多歷史悠久的文物。

try out
試驗、試演

try ou·t
aɪ aʊ

★ They *tried out* the new production method in one of their workshops.
他們在一個小工廠試驗這種新的生產方法。

O

● * * * out for

聽群組 CD7-31

cut out for
look out for

聽片語 CD7-31

片語 / 中文解釋	首尾押韻 / 見字讀音 / 區分音節
cut out for 具有做某事的素質和才能	cu · t ou · t fo · r k ʌ aU ɔ

★ He is innately *cut out for* speechmaking.
他天生就具有演說家的素質和才能。

look out for 物色、留心、期待	loo · k ou · t fo · r U aU ɔ

★ The marketing department is *looking for* an appropriate agent for the overseas market.
行銷部正在物色合適的海外市場代理人。

● * * * over

聽群組 CD7-32

blow over
fight over
pass over

聽片語 CD7-32

片語 / 中文解釋	首尾押韻 / 見字讀音 / 區分音節
blow over 被淡忘	b · low o · ver o ɝ

★ The feud between the two families *blew over* as time passed by.
隨著時間的流逝，這兩家之間的世仇漸漸被淡忘了。

fight over
因...而打鬥

fi · gh · t aɪ x	o · ver ɝ

★ The two naughty little boys *fought over* a toy car.
這兩個淘氣的小男孩為了一輛玩具小汽車而打架。

pass over
忽略、省略

pa · ss æ x	o · ver ɝ

★ This academic thesis *passes over* a lot of important data.
這篇學術論文忽略了許多重要的資料。

P

• play a ***

聽群組 CD7-33

play a role
play a trick on

聽片語 CD7-33

片語 / 中文解釋	首尾押韻 / 見字讀音 / 區分音節
play a role 扮演角色	p · lay (e) a (ə) ro · le (x)

★ He *played a* very important *role* in this play.
他在這齣戲劇當中扮演一個相當重要的角色。

play a trick on 耍花招、捉弄	p · lay (e) a (ə) t · ri (ɪ) · ck (k) on (ɑ)

★ He *played a trick on* me and sold me a fake set of stamps.
他對我耍花招，賣給我一套假的郵票。

• put for **

聽群組 CD7-34

put forth
put forward

聽片語 CD7-34

put forth 提出、發表	pu (ʊ) · t fo · r · th (θ)

★ It's worthwhile to *put forth* this new idea.
這個新主意值得提出來。

put forward
提出、推舉、推薦

pu·t fo·r·war·d
ʊ ɔ ɚ

★ They are *putting* Henry *forward* as the new committee chairman.
他們提名讓亨利擔任新的委員會主席。

• put *** on

聽群組 CD7-35

put pressure on
put emphasis on

聽片語 CD7-35

片語 / 中文解釋	首尾押韻 / 見字讀音 / 區分音節
put pressure on 施加壓力、催逼	pu·t p·re·ssur·e on ʊ ɛ ʃ x ɚ x ɑ

★ Mary's parents are *putting pressure on* her to marry John.
父母親對瑪麗施加壓力，逼她嫁給約翰。

put emphasis on 重視、強調	pu·t em·ph·a·si·s on ʊ ɛ f ə ɪ ɑ

★ Our college *puts* great *emphasis on* foreign language ability.
本學院非常重視學生的外語能力。

• put A ***

聽群組 CD7-36

put A to use
put A at risk
put A in prison

聽片語
CD7-36

片語 / 中文解釋	首尾押韻 / 見字讀音 / 區分音節
put A to use 投入使用、把...用於	pu·t A to us·e ʊ u juz x

★ We haven't *put the newly bought equipment to use*.
新買來的設備我們還沒有拿來使用。

put A at risk 使A處於危險	pu·t A at ri·s·k ʊ æ ɪ

★ If we do that, we will be *putting the whole future of the company at risk*.
如果那樣做的話，我們就會使整個公司的前途處於危險之中。

put A in prison 拘捕入獄、監禁	pu·t A in p·ri·son ʊ ɪ ɪ z ŋ̩

★ We finally *put the two murderers in prison*.
我們終於將那兩名兇手拘捕入獄。

•put A into ***

聽群組
CD7-37

put A into action
put A into operation
put A into practice

聽片語
CD7-37

片語 / 中文解釋	首尾押韻 / 見字讀音 / 區分音節
put A into action 實施、進行	pu·t A in·to a·c·tio·n ʊ ɪ u æ k ʃ ə

★ We need to *put the plan into action* as soon as possible.
我們需要儘早實施那個計畫。

put A into operation
使A生效、發生作用

pu·t	A	in·to	o·pe·ra·tio·n
ʊ		ɪ u	ɑ ə e ʃə

★ When are we *putting new regulations into operation*?
我們的新條例何時實施生效呢？

put A into practice
實行、實踐

pu·t	A	in·to	p·ra·c·ti·ce
ʊ		ɪ u	æ k ɪ s x

★ It's hard to *put such a demanding plan into practice*.
這個方案要求太苛刻，很難實行。

•put on ***

聽群組 CD7-38

put on airs
put on weight

聽片語 CD7-38

片語／中文解釋 首尾押韻／見字讀音／區分音節

put on airs
裝腔作勢、擺架子

pu·t	on	air·s
ʊ	ɑ	ɛ

★ He *put on airs* and read out loud when his mother came into his room.
母親走進他房間時，他裝模作樣地高聲朗讀起來。

put on weight
變胖、增加體重

pu·t	on	wei·gh·t
ʊ	ɑ	e x

★ She *put on* a lot of *weight* after the birth of her child.
她生完孩子以後胖了不少。

P

•p** A for B

聽群組 CD7-39

praise A for B
punish A for B

聽片語 CD7-39

片語 / 中文解釋	首尾押韻 / 見字讀音 / 區分音節
praise A for B 表揚、稱讚	p · rai · se A fo · r B e z x ɔ

★ They *praised him for his selflessness*.
他們表揚他的大公無私。

punish A for B 懲罰、處罰	pu · ni · sh A fo · r B ʌ ɪ ʃ ɔ

★ He *punished his son for telling lies*.
他因為兒子撒謊而懲罰他。

•p** for

聽群組 CD7-40

push for
pass for
provide for

聽片語 CD7-40

片語 / 中文解釋	首尾押韻 / 見字讀音 / 區分音節
push for 迫切要求、催促	pu · sh fo · r ʊ ʃ ɔ

★ The workers are *pushing for* better catering.
工人們迫切要求改善伙食。

pass for
冒充、被認為

pa·ss	fo·r
æ x	ɔ

★ He speaks Spanish so well that he is able to *pass for* a Spaniard.
他西班牙語講得如此流利，都可以冒充西班牙人了。

provide for
撫養、供應

p·ro·vi·de	fo·r
ə aɪ x	ɔ

★ Life is hard for him with five children to *provide for*.
他有五個孩子要撫養，生活十分困苦。

•per** A to do

聽群組 CD7-41

permit A to do
persuade A to do

聽片語 CD7-41

片語／中文解釋	首尾押韻／見字讀音／區分音節
permit A to do 允許 A 做某事	per·mi·t A to do ɚ ɪ u u

★ Would you please *permit me to explain*?
能容許我解釋一下嗎？

persuade A to do 勸 A 做某事	per·s·ua·de A to do ɚ we x u u

★ She tried to *persuade her husband to give up smoking* but failed.
她想勸她丈夫戒煙，可是沒勸成。

P

• pr** A from doing

聽群組
CD7-42

prevent A from doing
prohibit A from doing

聽片語
CD7-42

片語／中文解釋 | 首尾押韻／見字讀音／區分音節

prevent A from doing
阻止 A 做某事

p·re·ve·n·t A f·ro·m do·i·ng
ɪ ɛ ɑ u ɪ ŋ

★ We made every effort to *prevent SARS from spreading*.
我們竭盡全力阻止非典型性肺炎的蔓延。

prohibit A from doing
禁止 A 做某事

p·ro·hi·bi·t A f·ro·m do·i·ng
ə ɪ ɪ ɑ u ɪ ŋ

★ We *prohibit boy students from entering the girls' dormitory*.
我們嚴禁男學生進入女生宿舍。

• pr** A with B

聽群組
CD7-43

present A with B
provide A with B

聽片語
CD7-43

片語／中文解釋 | 首尾押韻／見字讀音／區分音節

present A with B
將 B 授予 A

p·re·sen·t A wi·th B
ɪ z ɛ ɪ ð

★ The Chairman *presented the hero's mother with a decoration*.
主席授予英雄的母親一個勳章。

provide A with B
提供、供應

p·ro·vi·de A wi·th B
ə aɪ x ɪ ð

★ They agreed to *provide us with accommodation*.
他們答應提供住宿。

●✱✱✱ progress

聽群組 CD7-44

in progress
make progress

聽片語 CD7-44

片語 / 中文解釋 首尾押韻 / 見字讀音 / 區分音節

in progress
正在進行中

in p·ro·g·re·ss
ɪ ɑ ɛ x

★ A census is *in progress*.
正在進行人口普查。

make progress
有進展、有進步

ma·ke p·ro·g·re·ss
e x ɑ ɛ x

★ Our project is *making* steady *progress*.
我們的計畫穩定地進展著。

• re** A of B

聽群組
CD7-45

remind A of B
relieve A of B
require (A) of B

聽片語
CD7-45

片語 / 中文解釋	首尾押韻 / 見字讀音 / 區分音節
remind A of B 使 A 回想起 B、提醒	re·mi·n·d A of B ɪ aɪ ɑv

★ This guitar *reminds me of my younger sister*.
這把吉他使我想起我妹妹。

relieve A of B 解除 A 的...	re·lie·ve A of B ɪ i x ɑv

★ The committee made a decision to *relieve Brett of his post as secretary*.
委員會做出決定，解除布雷特的秘書長一職。

require (A) of B 命令 B 做某事	re·q·ui re (A) of B ɪ k waɪ x ɑv

★ What does the general *requires of his soldiers*?
將軍對他的士兵有什麼要求？

• re** A as B

聽群組
CD7-46

regard A as B
recognize A as B

聽片語
CD7-46

片語／中文解釋	首尾押韻／見字讀音／區分音節
regard A as B 將 A 視作 B	re·ga·r·d A as B ɪ ɑ æz

★ They *regard her remarks as nonsense*.
他們把她的話當作無稽之談。

recognize A as B 認為 A 是...、承認	re·co·g·ni·ze A as B ɛ kə aɪ x æz

★ Everyone *regards him as a qualified monitor*.
大家都認為他是一個稱職的班長。

•re** A to B

聽群組
CD7-47

refer A to B
relate A to B
reduce A to B

聽片語
CD7-47

片語／中文解釋	首尾押韻／見字讀音／區分音節
refer A to B 向 B 提到 A	re·fer A to B ɪ ɝ u

★ He blushed when I *referred Mary to him*.
當我向他提起瑪麗時，他臉紅了。

relate A to B 將 A 和 B 聯繫起來	re·la·te A to B ɪ e x u

★ I really find it hard to *relate Lucy to Bill*, but they turned out to be lovers !
我真的很難把露西和比爾聯想在一起，但他們竟然是一對戀人！

reduce A to B
降低 A 的地位

re · du · ce A to B
ɪ ju s x u

★ Unemployment has *reduced him to a beggar*.
失業使他淪為乞丐。

•re** on

聽群組
CD7-48

rely on
reflect on

聽片語
CD7-48

片語 / 中文解釋 首尾押韻 / 見字讀音 / 區分音節

rely on
依賴、指望、信任

re · ly on
ɪ aɪ ɑ

★ You cannot *rely on* his help.
你不能指望他幫忙。

reflect on
仔細考慮

re · f · le · c · t on
ɪ ɛ k ɑ

★ You need to *reflect on* his suggestions.
你得好好考慮一下他的建議。

•re** to

聽群組
CD7-49

relate to
report to
resort to

聽片語
CD7-49

片語 / 中文解釋	首尾押韻 / 見字讀音 / 區分音節
relate to 有關	re · la · te to ɪ e x u

★ I'm searching for some information that *relates to* aboriginals on the Internet.
我正在網路上搜索一些有關土著居民的資料。

report to 向...報告	re · po · r · t to ɪ u

★ Our provisional committee *reports* directly *to* the central government.
我們的臨時委員會直接向中央政府彙報工作。

resort to 採取、求助於	re · so · r · t to ɪ z u

★ We would not *resort to* force unless necessary.
不到萬不得已，我們絕不訴諸武力。

●＊＊＊ reason

聽群組
CD7-50

with reason
stand to reason

聽片語
CD7-50

片語 / 中文解釋	首尾押韻 / 見字讀音 / 區分音節
with reason 理智的、合理的	wi · th rea · son ɪ ð i z ŋ̩

★ I hope you make a decision *with reason*.
我希望你做出合理的決定。

R

stand to reason 顯而易見的	s·ta·n·d to rea·son æ u i z ŋ

★ It *stands to reason* that she is unwilling to marry him.
顯而易見的，她不願意嫁給他。

●＊＊＊ regard to

聽群組 CD7-51

pay regard to
with regard to

聽片語 CD7-51

片語／中文解釋	首尾押韻／見字讀音／區分音節
pay regard to 重視、注意到	pay re·ga·r·d to e ɪ ɑ u

★ He never *pays regard to* the feelings of others.
他從不顧及他人的感受。

with regard to 關於...、在這一點上	wi·th re·ga·r·d to ɪ ð ɪ ɑ u

★ I have no observations *with regard to* their marriage.
關於他們的婚姻，在我觀察過後沒什麼要說的。

• stay ＊＊＊

聽群組
CD8-1

stay put
stay with
stay healthy
stay away from

聽片語
CD8-1

片語 / 中文解釋	首尾押韻 / 見字讀音 / 區分音節
stay put 留在原地、固定不動	s · tay (e) | pu (ʊ) · t

★ Would you *stay put*? I'm sketching you.
別動好嗎？我在幫你畫速寫。

stay with 繼續聽某人說下去	s · tay (e) | wi (ɪ) · th (ð)

★ Please *stay with* me a little longer — I'm going to finish the story.
請再繼續聽一會兒，我的故事就快講完了。

stay healthy 保持健康、保持良好狀態	s · tay (e) | hea (ɛ) · l · th (θ) y (ɪ)

★ Give up smoking if you want to *stay healthy*!
如果你想保持身體健康就戒煙吧！

stay away from 離開、與...保持距離	s · tay (e) | a · way (ə) | f · ro (ɑ) · m

★ Get out and *stay away from* me!
滾出去，離我遠一點！

S

•stick ＊＊＊

聽群組
CD8-2

stick to
stick up
stick up for

聽片語
CD8-2

片語／中文解釋	首尾押韻／見字讀音／區分音節
stick to 堅持、不放棄、不改變	s·ti·ck to ɪ k u

★ Whatever you say, I will *stick to* my decision.
無論你怎麼說，我都會堅持我的決定。

stick up 向上突出、伸直	s·ti·ck up ɪ k ʌ

★ The lotuses are *sticking up* gracefully from the water.
蓮花亭亭玉立於水面。

stick up for 維護、支持	s·ti·ck up fo·r ɪ k ʌ ɔ

★ Unions *stick up for* labor rights and benefits.
工會維護著勞工的權益。

•s＊＊ A as B

聽群組
CD8-3

such A as B
strike A as B
speak of A as B

聽片語
CD8-3

片語／中文解釋	首尾押韻／見字讀音／區分音節
such A as B 像那樣的、如此的	s·u·ch A as B ʌ tʃ æ z

★ I have never heard *such an excellent speech as his*.
我以前從未聽過像他那樣精彩的演說。

strike A as B 讓 A 覺得...	s·t·ri·ke A as B aɪ x æ z

★ His idea *strikes me as ridiculous*.
我覺得他的主意很可笑。

speak of A as B 講出對 A 的看法、討論	s·pea·k of A as B i ɑ v æ z

★ He *spoke of you as his benefactor*!
他說你是他的恩人！

• s** A for B

聽群組
CD8-4

scold A for B
substitute A for B

聽片語
CD8-4

片語／中文解釋	首尾押韻／見字讀音／區分音節
scold A for B 斥責、責備	s·co·l·d A fo·r B k ɔ

★ She *scolded her husband for getting drunk again*. 她因為丈夫又喝醉酒而責罵他。

substitute A for B
用A代替B

s·u·b·s·ti·tu·te A fo·r B
ʌ ə ju x ɔ

★ Sometimes we may *substitute honey for sugar* when making dishes.
做菜有時可以用蜂蜜代替糖。

•S** A of B

聽群組 CD8-5

strip A of B
suspect A of B

聽片語 CD8-5

片語／中文解釋 首尾押韻／見字讀音／區分音節

strip A of B
剝奪A的某事物

s·t·ri·p A of B
ɪ ɑv

★ The jury made a judgment to *strip him of all his possessions*.
陪審團對他做出判決，剝奪其全部的財產。

suspect A of B
懷疑某人有罪

su·s·pe·c·t A of B
ə ɛ k ɑv

★ Why do you *suspect her of having given away the secret*?
你為什麼懷疑她洩密？

•S** on

聽群組 CD8-6

sleep on
switch on

聽片語
CD8-6

片語 / 中文解釋	首尾押韻 / 見字讀音 / 區分音節
sleep on 將某事留待次日再決定	s · lee · p ⁞ on i ɑ

★ Let's make a decision now; I just can't *sleep on* it.
我們現在就做一個決定；我沒有辦法等到明天。

switch on 用開關開啓	s · wi · tch ⁞ on ɪ tʃ ɑ

★ Don't *switch on* the computer for the moment.
暫時別打開電腦。

• s** up

聽群組
CD8-7

sew up
sum up
stir up
spring up

聽片語
CD8-7

片語 / 中文解釋	首尾押韻 / 見字讀音 / 區分音節
sew up 控制、確保...的成功	sew ⁞ up o ʌ

★ Every problem was *sewn up* nicely by the end of the negotiation.
談判結束時，一切問題都妥善地解決了。

sum up 總結、概括、計算	su · m ⁞ up ʌ ʌ

★ To *sum up*, there are more advantages than disadvantages to reducing taxes.
整體來說，減少稅金利多於弊。

stir up
激起、煽動

s · tir | up
ɜ ʌ

★ A gang of criminals is *stirring up* trouble among the workers.
一群不法之徒在工人之中挑起事端。

spring up
突然出現、迅速崛起

s · p · ri · ng | up
ɪ ŋ ʌ

★ Tall buildings are *springing up* all over the city.
一棟棟高樓如雨後春筍般出現在整個城市裡。

•se** for

聽群組 CD8-8

serve for
search for

聽片語 CD8-8

片語／中文解釋 首尾押韻／見字讀音／區分音節

serve for
適於、能達到某目的

ser · ve | fo · r
ɜ x ɔ

★ Will this kind of paper *serve for* posters ?
這種紙張能用來做海報嗎？

search for
搜尋、搜查

sear · ch | fo · r
ɜ tʃ ɔ

★ I'm *searching for* a reliable partner to run the business together.
我正在尋找一位靠得住的搭檔合夥經營。

•su** to

聽群組 CD8-9

succeed to
succumb to
surrender to

聽片語 CD8-9

片語 / 中文解釋	首尾押韻 / 見字讀音 / 區分音節
succeed to 繼承	su · c · cee · d to ə k s i u

★ I hope someone more humane *succeeds to* this position.
我希望比他更有人性的人接下這個職位。

片語 / 中文解釋	首尾押韻 / 見字讀音 / 區分音節
succumb to 屈服於、不再抵抗	su · ccu · m · b to ə k x ʌ x u

★ The city *succumbed to* the invaders after only a short resistance.
一陣短暫的抵抗後，那座城市就屈服於侵略者了。

片語 / 中文解釋	首尾押韻 / 見字讀音 / 區分音節
surrender to 自首、投降、屈服	su · rre · n · der to ə x ɛ ɝ u

★ The terrorists refused to *surrender* themselves *to* the police.
恐怖分子拒絕向警方投降。

●＊＊ly speaking

聽群組
CD8-10

strictly speaking
frankly speaking
broadly speaking
generally speaking

聽片語
CD8-10

片語／中文解釋	首尾押韻／見字讀音／區分音節
strictly speaking 嚴格來說	s·t·ri·c·t·ly s·pea·ki·ng ɪ k ɪ i ɪ ŋ
frankly speaking 坦白說	f·ra·n·k·ly s·pea·ki·ng æ ŋ ɪ i ɪ ŋ
broadly speaking 概括地說	b·roa·d·ly s·pea·ki·ng ɔ ɪ i ɪ ŋ
generally speaking 大致上來說	ge·ne·ra·lly s·pea·ki·ng dʒ ɛ ə ə xɪ i ɪ ŋ

★ *Strictly speaking*, your summary is still too long.
嚴格來說，你的摘要還是太冗長。

★ *Frankly speaking*, I don't like the necklace that my boyfriend bought for me.
坦白說，我不喜歡我男朋友買給我的那條項鍊。

★ *Broadly speaking*, the North is more developed than the South.
概括地說，北部地區比南部地方更發達。

★ *Generally speaking*, he did it well.
大致來說，他做得還不錯。

●＊＊＊ schedule

聽群組 CD8-11

on schedule
behind schedule

聽片語 CD8-11

片語 / 中文解釋	首尾押韻 / 見字讀音 / 區分音節
on schedule 按照預定時間	on ¦ s · che · du · le ɑ ¦ k ɛ dʒu x

★ This project must be completed *on schedule*.
這項工程必須如期完工。

behind schedule 比原先預計的時間落後	be · hi · n · d ¦ s · che · du · le ɪ aɪ ¦ k ɛ dʒu x

★ We will land ourselves in a passive position if this scheme is *behind schedule*.
如果這個方案未能按期進行，我們將處於被動的形勢。

介系詞- with 的常見片語

● with ***

with reason	〈有道理、合理〉	p307

● *** with ***

change A with B	〈用 A 交換 B〉	p101
compare A with B	〈把 A 和 B 相比較〉	p102
feed A with B	〈為 A 提供 B〉	p129
provide A with B	〈提供、供應〉	p257
replace A with B	〈用 B 替代 A〉	p325

● *** with

agree with	〈贊成、同意〉	p38
be concerned with	〈與...有關、涉及到...〉	p78
be delighted with	〈非常高興、愉快的〉	p79
be impatient with	〈不耐煩〉	p80
be impressed with	〈印象深刻、欽佩起敬〉	p80
be strict with	〈嚴格〉	p81
be satisfied with	〈滿意〉	p82
be bored with	〈厭倦、厭煩〉	p82
compete with	〈競爭、對抗、比賽〉	p107
have a date with	〈約會、會晤〉	p148
in connection with	〈與...有關〉	p176
keep up with	〈跟上、和...保持聯絡〉	p305
make up with	〈與某人和解〉	p305
quarrel with	〈和某人吵架〉	p310
correspond with	〈符合、通信〉	p312
keep pace with	〈並駕齊驅〉	p331

Chapter 4

T

•take **s

聽群組 CD8-12

take pains
take steps
take measures

聽片語 CD8-12

片語／中文解釋	首尾押韻／見字讀音／區分音節
take pains 盡力、費苦心	ta·ke (e x) pai·n·s (e z)

★ He *took* great *pains* to recommend his brother for this job.
他不遺餘力地推薦自己的弟弟做這份工作。

take steps 採取措施、採取步驟	ta·ke (e x) s·te·p·s (ɛ)

★ The government is *taking steps* to control inflation.
政府正採取措施控制通貨膨脹。

take measures 採取措施	ta·ke (e x) mea·sur·es (ɛ ʒ ɚ x)

★ We should *take* immediate *measures* to control the flood.
我們必須立刻採取措施控制洪水氾濫。

•take a ***

聽群組 CD8-13

take a chance
take a liking to

聽片語
CD8-13

片語 / 中文解釋	首尾押韻 / 見字讀音 / 區分音節
take a chance 碰運氣、冒險	ta·ke a cha·n·ce e x ə tʃ æ s x

★ I just *took a chance* applying for the job, but it turned out that I was chosen.
我只是抱著姑且試試的態度申請那份工作，結果我被錄取了。

take a liking to 喜愛	ta·ke a li·ki·ng to e x ə aɪ ɪ ŋ u

★ I have *taken a liking to* reading in the early morning.
我喜歡早起晨讀。

•take a s**

聽群組
CD8-14

take a step
take a shortcut

聽片語
CD8-14

片語 / 中文解釋	首尾押韻 / 見字讀音 / 區分音節
take a step 採取行動、走一步	ta·ke a s·te·p e x ə ɛ

★ *Take a step* forward then you'll reach the book.
向前走一步你就可以搆到書了。

take a shortcut 抄近路、走捷徑	ta·ke a sho·r·t·cu·t e x ə ʃ ɔ kʌ

★ I think we should *take a shortcut* otherwise we will be late.
我想我們得抄近路走，否則我們會遲到。

T

• take A ***

聽群組 CD8-15

take A public
take A by surprise
take A for granted

聽片語 CD8-15

片語／中文解釋 首尾押韻／見字讀音／區分音節

take A public
向大眾公開 A

ta	ke	A	pu	b	li	c
e	x		ʌ		ɪ	k

★ They had *taken this issue* to the *public*.
他們已將這個事件公諸於大眾面前。

take A by surprise
使 A 大吃一驚

ta	ke	A	by	sur	p	ri	s	e
e	x		aɪ	ɚ		aɪ	z	x

★ Her sudden marriage really *took me by surprise*.
她突然結婚實在是令我大吃一驚。

take A for granted
認為...理所當然

ta	ke	A	fo	r	g	ra	n	te	d
e	x		ɔ			æ		ɪ	

★ If you are always so generous to him, he will *take everything for granted*.
如果你總是對他這麼大方，他就會把一切都視為理所當然了。

• take A into ***

聽群組 CD8-16

take A into account
take A into consideration

聽片語
CD8-16

片語 / 中文解釋	首尾押韻 / 見字讀音 / 區分音節
take A into account 考慮到 A	ta·ke A in·to a·ccou·n·t e x ɪ u ə k x aʊ

★ We should *take his age into account* when assigning him tasks.
分配任務給他時，我們應該考慮到他的年齡。

take A into consideration 將A列入考慮範圍	ta·ke A in·to co·n·si·de·ra·tio·n e x ɪ u kə ɪ ə e ʃe

★ You should *take the side effects into consideration* when taking this medicine.
服用這種藥物時，你應該考慮到其副作用。

•take the *** to do

聽群組
CD8-17

take the liberty to do
take the trouble to do

聽片語
CD8-17

片語 / 中文解釋	首尾押韻 / 見字讀音 / 區分音節
take the liberty to do 冒昧地、擅自作主做某事	ta·ke the li·ber·ty to do e x ðə ɪ ɚ ɪ u u

★ I *took the liberty to write to you* and introduce myself for the job.
我冒昧地寫信給您，毛遂自薦做這份工作。

take the trouble to do 不厭其煩地、不怕困難地	ta·ke the t·rou·ble to do ə x ðə ʌ l̩ u u

T

★ The manager decides to *take the trouble to preach the new working gospel*.
經理決定不厭其煩地鼓吹這項新的工作準則。

•to be ***

聽群組
CD8-18

to be sure
to be exact

聽片語
CD8-18

片語 / 中文解釋	首尾押韻 / 見字讀音 / 區分音節
to be sure 不可否認、誠然	to be su·re u i ʃ ʊ x
to be exact 精確地說、嚴謹地講	to be exa·c·t u i ɪ gzæ k

★ This job means high pay, *to be sure*, but also extraordinary hard work.
不可否認，這份工作意味著高薪，但同時也意味著要非常努力付出。

★ He is over sixty, sixty-two *to be exact*.
他六十出頭，確切地說是六十二歲了。

•to one's re**

聽群組
CD8-19

to one's relief
to one's regret

聽片語
CD8-19

片語 / 中文解釋	首尾押韻 / 見字讀音 / 區分音節
to one's relief 令人感到解脫	to o·ne' s re·lie·f u wʌ x ɪ i

★ Much *to my relief*, he didn't make any mistakes!
他沒出什麼錯，這實在讓我鬆了一口氣。

to one's regret 令人感到惋惜的是	to o·ne' s re·g·re·t u wʌ x ɪ ɛ

★ *To our* great *regret*, he is unable to come to this party.
他不能參加這次聚會令我們深感遺憾。

•to one's **e

聽群組
CD8-20

to one's face
to one's taste

聽片語
CD8-20

片語 / 中文解釋	首尾押韻 / 見字讀音 / 區分音節
to one's face 當著某人的面	to o·ne' s fa·c e u wʌ x e s x

★ I think I have to tell the truth *to his face*.
我想我得當著他的面把真相說出來。

to one's taste 正符合某人的興趣	to o·ne' s ta·s·te u wʌ x e x

★ Much *to her taste*, they were talking about jewelry.
他們正在討論珠寶首飾，這很合她的胃口。

T

•to one's ***

聽群組
CD8-21

to one's cost
to one's delight
to one's embarrassment

聽片語
CD8-21

片語 / 中文解釋	首尾押韻 / 見字讀音 / 區分音節
to one's cost 付出代價、吃了苦頭	to o·ne' s co·s·t u wʌ x k ɔ

★ He finally realized *to his cost* that it was serious to offend the boss.
吃了苦頭之後，他終於明白老闆是得罪不起的。

to one's delight 使某人高興的是	to o·ne' s de·li·gh·t u wʌ x ɪ aɪ x

★ *To my* great *delight*, my father bought me a piano that I had long dreamed for.
父親買了一架我夢寐以求的鋼琴，這讓我欣喜萬分。

to one's embarrassment 令人尷尬的是...	to o·ne's em·ba·rr a·ss·me·n·t u wʌ x ɪ æ x ə x ə

★ *To my embarrassment*, I had no more money left when I was about to tip him.
我正要給小費時卻發現身上沒錢了，令我覺得很尷尬。

•to say ***

聽群組
CD8-22

to say the least
to say nothing of

聽片語 CD8-22

片語 / 中文解釋	首尾押韻 / 見字讀音 / 區分音節
to say the least 至少可以這麼說	to say the lea·s·t u e ð ə i

★ I think he will support the plan; *to say the least*, he won't object it.
我想他會支持這個計畫；至少可以說，他不會反對。

to say nothing of 更不用說	to say no·thi·ng of u e ʌ ð ɪ ŋ ɑ v

★ She hasn't any decent clothes, *to say nothing of* an evening dress for a party.
她連一件體面的衣服都沒有，更別說參加舞會的晚禮服了。

•to the ***

聽群組 CD8-23

to the full
to the contrary

聽片語 CD8-23

片語 / 中文解釋	首尾押韻 / 見字讀音 / 區分音節
to the full 充分地、完全地	to the fu·ll u ð ə ʊ x

★ The newlyweds enjoy their honeymoon *to the full*.
這對新婚夫婦盡情享受他們的蜜月旅行。

to the contrary 相反	to the co·n·t·ra·ry u ð ə k ɑ ɛ ɪ

★ I will still believe that he is right unless you prove it *to the contrary*.
我還是相信他是對的，除非你能提出相反的證明。

•to the **t

聽群組 CD8-24

to the point
to the utmost

聽片語 CD8-24

片語 / 中文解釋	首尾押韻 / 見字讀音 / 區分音節
to the point 中肯、恰當	to the po · in · t u ð ə ɔ ɪ

★ His comments were sincere and *to the point*.
他的評語真摯而且中肯。

片語 / 中文解釋	首尾押韻 / 見字讀音 / 區分音節
to the utmost 達到最大限度	to the ut · mo · s · t u ð ə ʌ

★ We enjoy ourselves *to the utmost* on Christmas Eve.
我們盡情地享受在平安夜的氛圍裡。

•to the *** of

聽群組 CD8-25

to the best of
to the advantage of

聽片語 CD8-25

片語 / 中文解釋	首尾押韻 / 見字讀音 / 區分音節
to the best of 盡量、盡其所能	to the be · s · t of u ð ə ɛ ɑv

★ He promised to help her out *to the best of* his ability.
他承諾他會盡其所能地幫助她脫離困境。

to the advantage of 有利於	to · the · ad·va·n·ta·ge · of u ð ə ə æ ɪ dʒ x ɑv

★ This statute is issued *to the advantage of* the farmers.
這項法令的頒佈對農民有利。

•turn ＊＊＊

聽群組 CD8-26

turn pale
turn loose

聽片語 CD8-26

片語 / 中文解釋	首尾押韻 / 見字讀音 / 區分音節
turn pale 臉色變蒼白	tur·n · pa·le ɝ e x

★ He *turned* deadly *pale* when the robbers pointed their guns at him.
搶匪用槍指著他，他嚇得臉色蒼白。

turn loose 放鬆、放縱	tur·n · loo·se ɝ u x

★ He *turned* the bird *loose*, but it flew right back into the cage.
他把鳥兒鬆綁，牠卻又飛回籠子裡去了。

•t＊＊ apart

聽群組 CD8-27

take apart
tell A apart

聽片語
CD8-27

片語 / 中文解釋	首尾押韻 / 見字讀音 / 區分音節
take apart 拆開某物	ta · ke a · pa · r · t e x ə ɑ

★ He *took apart* the radio but found it hard to reassemble.
他拆開收音機，卻發現很難再把它組裝回去。

tell A apart 分辨出 A	te · ll A a · pa · r · t ɛ x ə ɑ

★ These two varieties of mushroom look so similar; I just can't *tell them apart*.
這兩種蕈類看起來太相像，我沒辦法區分它們。

• t＊＊ in

聽群組
CD8-28

take in
tune in

聽片語
CD8-28

片語 / 中文解釋	首尾押韻 / 見字讀音 / 區分音節
take in 改小、接受	ta · ke in e x ɪ

★ Many of her clothes had to be *taken in* after she lost weight.
她減肥以後許多衣服都需要改小。

tune in 調整頻率收聽、 調整頻道收看	tu · ne in ju x ɪ

★ I love to *tune in* to 98.8 FM.
我喜歡收聽98.8FM的廣播節目。

•t** over

聽群組 CD8-29

tide over
think over

聽片語 CD8-29

片語 / 中文解釋	首尾押韻 / 見字讀音 / 區分音節
tide over 幫助某人度過困難時期	ti · de o · ver (aɪ x ɚ)

★ I lent him 100 dollars to *tide* him *over* until his parents send him the money.
我借了100美元給他，幫助他撐到他父母寄錢給他的時候。

片語 / 中文解釋	首尾押韻 / 見字讀音 / 區分音節
think over 慎重思考	thi · n · k o · ver (θ ɪ ŋ ɚ)

★ I can't make the decision right now; I need time to *think* it *over*.
我不能馬上做出決定，我需要一點時間好好想想。

•tr** A to B

聽群組 CD8-30

treat A to B
trust A to B

聽片語 CD8-30

片語 / 中文解釋	首尾押韻 / 見字讀音 / 區分音節
treat A to B 以 B 款待 A	t · rea · t A to B (i u)

★ I promised to *treat my roommates to ice creams* as soon as I get the scholarship.
我答應一領到獎學金就請室友們吃冰淇淋。

trust A to B
託付、委託

t·ru·s·t	A	to	B
ʌ		u	

★ How can you *trust him to do such a crucial task*?
你怎麼可以把如此重要的任務託付給他呢？

●*** the more

聽群組 CD8-31

all the more
none the more

聽片語 CD8-31

片語 / 中文解釋 | 首尾押韻 / 見字讀音 / 區分音節

all the more
更加的、進一步的

al·l	the	mo·re
ɔ x	ð ə	x

★ We tried to persuade him not to do that, but he became *all the more* obstinate.
我們試圖勸他別那麼做，可是他卻變得更加固執。

none the more
不見得更...、與原來一樣...

no·ne	the	mo·re
ʌ x	ð ə	x

★ I tried every effort to explain the advantages of my plan, but they weren't interested *none the more*.
我竭力闡明我這份計畫的優勢，可是他們不見得比原來更感興趣。

●＊＊＊ through

聽群組
CD8-32

put through
see through
fall through
come through
break through

聽片語
CD8-32

片語／中文解釋	首尾押韻／見字讀音／區分音節
put through 完成、達成	pu · t ┊ th · rou · gh ʊ ┊ θ u x

★ After prolonged negotiation, the two sides finally *put through* a deal.
經過長時間的協商談判，雙方終於完成交易。

see through 看透、看穿、識破	see ┊ th · rou · gh i ┊ θ u x

★ He is never benevolent; I can *see through* his little games.
他可沒安什麼好心，我看穿了他的伎倆。

fall through 不能實現、失敗	fa · ll ┊ th · rou · gh ɔ x ┊ θ u x

★ What else can be done since the plan has *fallen through*？
計畫既然落空，還有什麼事情可以做呢？

come through 經歷某事後還活著	co · me ┊ th · rou · gh k ʌ x ┊ θ u x

★ It's a miracle that he *came through* such an accident！
他竟然能從這場意外當中倖免，真是個奇蹟！

break through
突破、有重要創見

b · rea · k | th · rou · gh
e θ u x

★ Scientists are *breaking through* in the fight against diabetes.
科學家們在防治糖尿病方面有所突破。

● * * * time

聽群組 CD8-33

kill time
behind time

聽片語 CD8-33

片語／中文解釋 | 首尾押韻／見字讀音／區分音節

kill time
打發時間

ki · ll | ti · me
ɪ x aɪ x

★ In his retirement, he took to gardening in order to *kill time*.
退休之後，他開始玩園藝來打發時間。

behind time
誤點、遲到

be · hi · n · d | ti · me
ɪ aɪ aɪ x

★ The train was three hours *behind time*.
火車誤點了三個小時。

● * * * to

聽群組 CD8-34

turn to
keep to
cling to
prior to

聽片語 CD8-34

片語 / 中文解釋	首尾押韻 / 見字讀音 / 區分音節
turn to 求助於、轉向	tur · n to ɜ u

★ We had to *turn to* our teacher for help when the experiment failed.
實驗失敗了，我們只好求助於老師。

keep to 遵守、忠於	kee · p to i u

★ I think you should *keep to* your original plan.
我認為你應該遵照原定計畫。

cling to 緊握不放、堅持	c · li · ng to k ɪ ŋ u

★ My son *clung to* me when the stranger talked to him.
我兒子在和陌生人講話的同時緊握住我的手不放。

prior to 在...之前	p · ri · or to aɪ ɚ u

★ According to the contract, goods must be dispatched *prior to* March 25th.
依照合約，貨物必須在3月25日前發送出去。

• * * d to

聽群組 CD8-35

yield to
correspond to

T

聽片語
CD8-35

片語 / 中文解釋	首尾押韻 / 見字讀音 / 區分音節
yield to 屈服、讓步	yie · l · d to j i u

★ She finally *yielded to* and told them all the secrets.
她最後終於屈服，告訴他們所有的秘密。

片語 / 中文解釋	首尾押韻 / 見字讀音 / 區分音節
correspond to 相當於...	co · rre · s · po · n · d to kɔ xɪ ɑ u

★ Their Christmas Eve *corresponds to* the Chinese Spring Festival.
他們的耶誕節相當於中國的春節。

●✽✽e to

聽群組
CD8-36

due to
come to

聽片語
CD8-36

片語 / 中文解釋	首尾押韻 / 見字讀音 / 區分音節
due to 因為、由於	du · e to ju x u

★ His failure is largely *due to* his carelessness.
他會失敗主要是因為他太草率。

片語 / 中文解釋	首尾押韻 / 見字讀音 / 區分音節
come to 共計、等於	co · me to kʌ x u

★ By the end of last month, my savings had *come to* 1000 dollars.
到上個月月底為止，我的存款共計達1000美元。

●＊＊k/ke to

聽群組
CD8-37

take to
look to
stick to

聽片語
CD8-37

片語 / 中文解釋	首尾押韻 / 見字讀音 / 區分音節
take to 逐漸習慣於某事	ta · ke | to e x | u

★ I have *taken to* sleeping late since I began this work.
自從從事這份工作以來，我已經逐漸習慣晚睡。

look to 注意某事物	loo · k | to U | u

★ We must *look to* this kind of phenomena.
我們必須留心這一類的現象。

stick to 堅持、不放棄、不改變	s · ti · ck | to ɪ k | u

★ Whatever you say, I will *stick to* my point of view.
不管你怎麼說，我都會堅持自己的論調。

●＊＊t to

聽群組
CD8-38

point to
object to

聽片語
CD8-38

片語 / 中文解釋 | 首尾押韻 / 見字讀音 / 區分音節

point to
表明、暗示

po · in · t | to
ɔ ɪ | u

★ All the evidence *points to* her evil motive.
所有的跡象都表明了她的邪惡動機。

object to
反對、抗議

ob · je · c · t | to
ə dʒɛ k | u

★ No one but he *objects to* this scheme.
除了他之外，沒有人反對這個方案。

● * * * to do

聽群組
CD8-39

only to do
wish to do
threaten to do

聽片語
CD8-39

片語 / 中文解釋 | 首尾押韻 / 見字讀音 / 區分音節

only to do
不過、可是

on · ly | to | do
ɪ | u | u

★ I rushed there excitedly *only to find they had left*.
我興沖沖地趕過去，卻發現他們早已離開。

wish to do
希望做某事

wi · sh | to | do
ɪ ʃ | u | u

★ I *wish to spend Christmas Eve with my family*.
我希望和我的家人共度平安夜。

threaten to do 揚言要做某事來威脅	th · rea · ten to do θ ε ŋ u u

★ The kidnappers *threatened to kill the child* if his parents called the police.
綁匪威脅孩子的父母，若是他們報警，就會殺掉孩子。

●✱✱e to do

聽群組 CD8-40

refuse to do
hesitate to do

聽片語 CD8-40

片語 / 中文解釋	首尾押韻 / 見字讀音 / 區分音節
refuse to do 拒絕做某事	re · fu · s e to do ɪ ju z x u u

★ She *refused to be looked after by him.*
她拒絕接受他的照顧。

hesitate to do 不情願做某事	he · si · ta · te to do ε zə e x u u

★ Don't *hesitate to ask* if you have any question.
你如果有任何疑問，請儘管提出。

●✱✱end to do

聽群組 CD8-41

tend to do
pretend to do

聽片語
CD8-41

片語／中文解釋	首尾押韻／見字讀音／區分音節
tend to do 有...的傾向	te·n·d to do ɛ u u

★ My hometown *tends to have floods during the summer*.
我的家鄉夏天容易發生水災。

pretend to do 假裝做某事	p·re·te·n·d to do ɪ ɛ u u

★ The kid *pretended to cry* when his mother didn't allow him to eat the chocolate.
當媽媽不讓他吃巧克力時，那小孩假裝哭了起來。

●＊＊＊ to do

聽群組
CD8-42

can afford to do
feel free to do
never fail to do
bring oneself to do

聽片語
CD8-42

片語／中文解釋	首尾押韻／見字讀音／區分音節
can afford to do 能承擔得起做某事	ca·n a·ffo·r·d to do k æ ə x u u

★ I didn't complain since I *couldn't afford to offend her*.
我沒有怨言，因為我得罪不起她。

feel free to do 可以隨意做某事	fee·l f·ree to do i i u u

★ We all *feel free to give suggestions* to this kind teacher on the lectures.
這位老師很好說話，我們可以隨意向他提有關課程的建議。

never fail to do
沒有忘記做某事

ne·ver	fai·l	to	do
ε ɚ	e	u	u

★ He *never fails to send* me *birthday presents* every year.
他每年總不忘給我寄一份生日禮物。

bring oneself to do
鼓起勇氣、下定決心

b·ri·ng	o·ne·se·l·f	to	do
ɪ ŋ	wʌ x ε	u	u

★ I really couldn't *bring myself to tell her the truth*.
我無法鼓起勇氣告訴她真相。

●＊＊＊ to doing

聽群組 CD8-43

get around to doing
come close to doing

聽片語 CD8-43

片語 / 中文解釋 — 首尾押韻 / 見字讀音 / 區分音節

get around to doing
抽出時間做某事

ge·t	a·rou·n·d	to	do·i·ng
ε	ə aʊ	u	u ɪ ŋ

★ After I finished my research paper, I finally *got around to writing a letter to her*.
論文完成以後，我終於能抽出時間寫信給她。

come close to doing
幾乎要...

co·me	c·lo·se	to	do·i·ng
k ʌ x	k z x	u	u ɪ ŋ

★ If he dares to quarrel with his boss, he will be *coming close to losing his job*.
如果他敢和老闆吵架的話，那他的工作也快不保了。

● * * * turns

聽群組
CD8-44

by turns
take turns

聽片語
CD8-44

片語 / 中文解釋	首尾押韻 / 見字讀音 / 區分音節
by turns 輪流地、逐一	by (aɪ) tur·n·s (ɜ)

★ We delivered our reports *by turns*.
我們輪流報告。

片語 / 中文解釋	首尾押韻 / 見字讀音 / 區分音節
take turns 輪流	ta (e)·ke (x) tur·n·s (ɜ)

★ I'm too busy to do all of the housework; we should *take turns*.
我太忙了沒辦法做所有的家事，我們應該輪流分攤才對。

•under ***

聽群組
CD9-1

under fire
under cover

聽片語
CD9-1

片語 / 中文解釋	首尾押韻 / 見字讀音 / 區分音節
under fire 受到炮火猛烈攻擊	un · der | fi · re ʌ ɚ | aɪ x

★ The platoon suddenly came *under fire*.
行進中的部隊突然受到炮火猛烈攻擊。

under cover 在...掩護下	un · der | co · ver ʌ ɚ | k ʌ ɚ

★ The detective wanted to go *under cover*.
這個私家偵探想在偽裝下混進去。

•under **ion

聽群組
CD9-2

under discussion
under construction
under consideration

聽片語
CD9-2

片語 / 中文解釋	首尾押韻 / 見字讀音 / 區分音節
under discussion 在討論中	un · der | di · s · cu · ssio · n ʌ ɚ | ɪ k ʌ x ʃ ə

★ The proposal of building a park in the city center is *under discussion*.
關於在市中心闢建一個公園的提議仍在討論中。

under construction
在修建中、在興建中

un·der con·s·t·ru·c·tio·n
ʌ ɚ kə ʌ k ʃə

★ The highway running through the west of this province is *under construction*.
貫穿該省西部的高速公路正在興建中。

under consideration
在考慮中

un·der co·n·si·de·ra·tio·n
ʌ ɚ kə ɪ ə e ʃə

★ Who will be sent abroad by the company for advanced studies is *under consideration*.
公司仍在考慮要派誰出國進修。

•under *** circumstances

聽群組 CD9-3

under no circumstances
under the circumstances

聽片語 CD9-3

片語／中文解釋　首尾押韻／見字讀音／區分音節

under no circumstances
決不

un·der no c·ir·cu·m·s·ta·n·ce·s
ʌ ɚ s ɜ kə æ sɪ z

★ *Under no circumstances* should we give up our plan.
我們決不放棄我們的計畫。

under the circumstances
在這種情況下

un·der the cir·cu·m·s·ta·n·ce·s
ʌ ɚ ðə s ɜ kə æ sɪ z

★ The judge declared his act to be legal *under the circumstances*.
法官宣判他的行為在這種情況下是合法的。

• under one's ＊＊＊

聽群組 CD9-4

under one's **nose**
under one's **thumb**

聽片語 CD9-4

片語／中文解釋	首尾押韻／見字讀音／區分音節
under one's nose 公然	un · der ǀ o · ne' · s ǀ no · se ʌ ɚ ǀ wʌ x ǀ z x

★ He read the comic book *under the teacher's nose* in class.
他當著老師的面在課堂上公然看漫畫。

片語／中文解釋	首尾押韻／見字讀音／區分音節
under one's thumb 完全受某人的支配	un · der ǀ o · ne' · s ǀ th u · mb ʌ ɚ ǀ wʌ x ǀ θ ʌ x

★ He has his girlfriend completely *under his thumb*.
他的女朋友完全受他掌控。

• ＊＊＊ up（1）

聽群組 CD9-5

use up
hang up
wind up

U

聽片語
CD9-5

片語 / 中文解釋	首尾押韻 / 見字讀音 / 區分音節
use up 用完、耗盡	us · e up juz x ʌ

★ He has *used up* all the money his mother gave him.
他已經把媽媽給的錢都花光了。

片語 / 中文解釋	首尾押韻 / 見字讀音 / 區分音節
hang up 掛斷	ha · ng up æ ŋ ʌ

★ The operator asked me not to *hang up* for the moment.
接線員叫我暫時不要掛斷電話。

片語 / 中文解釋	首尾押韻 / 見字讀音 / 區分音節
wind up 使...結束	wi · n · d up aɪ ʌ

★ I have two more things to say before I *wind up* my speech.
在我結束演講之前，我還有兩件事要說。

• * * * up（2）

聽群組
CD9-6

feed up
keep up
back up

聽片語
CD9-6

片語 / 中文解釋	首尾押韻 / 見字讀音 / 區分音節
feed up 供給…食物	fee · d up i ʌ

★ The board warns the tourists not to *feed up* the animals in the zoo.
牌子上警告遊客不要隨便餵食動物園裡的動物。

keep up
維持、跟上

kee · p | up
i | ʌ

★ The boy tried to *keep up* with the leader.
男孩試著跟上領隊的腳步。

back up
支持

ba · ck | up
æ k | ʌ

★ Most councilors *backed up* the president's proposal.
大部分的議員都支持總統的這項提案。

• * * ear up

聽群組 CD9-7

tear up
clear up

聽片語 CD9-7

片語 / 中文解釋 | 首尾押韻 / 見字讀音 / 區分音節

tear up
撕碎

tea · r | up
ɛ | ʌ

★ She couldn't restrain her anger and *tore up* the letter.
她無法壓抑心中的憤怒，把信撕碎了。

clear up
整理、消除

c · lea · r | up
k ɪ | ʌ

★ The lazy girl seldom *clears up* her room
那個懶惰的女孩很少整理房間。

U

•**eat up

聽群組
CD9-8

eat up
heat up

聽片語
CD9-8

片語 / 中文解釋	首尾押韻 / 見字讀音 / 區分音節
eat up 吃完、耗盡	ea·t up i ʌ

★ The passengers trapped in the lifeboat have *eaten up* all the food in stock.
被困在救生艇上的乘客已經吃完所有的存糧。

heat up 加熱	hea·t up i ʌ

★ The mother *heated up* the milk before feeding it to the baby.
媽媽把牛奶加熱後才餵食寶寶。

•**ix up

聽群組
CD9-9

fix up
mix up

聽片語
CD9-9

片語 / 中文解釋	首尾押韻 / 見字讀音 / 區分音節
fix up 修理	fi·x up ɪ ks ʌ

★ Some volunteers are *fixing up* the bell for the church.
一些義工正在為教堂修理大鐘。

mix up
混合、調好

mi · x | up
ɪ ks | ʌ

★ You completely *mixed up* the correct way to do this project.
你完全弄混了執行這個企畫的正確方法。

●＊＊ow up

聽群組 CD9-10

show up
throw up

聽片語 CD9-10

片語 / 中文解釋 | 首尾押韻 / 見字讀音 / 區分音節

show up
露面、揭露

sh ow | up
ʃ o | ʌ

★ It's the first time that movie star's wife has *shown up* in public.
這是那位影星的妻子第一次在公開場合面前露臉。

throw up
拋起、舉起、放棄

th · r ow | up
θ o | ʌ

★ The girls *threw up* their scarves while cheering the victory.
女孩們拋起絲巾歡呼勝利。

●＊＊＊ up to

聽群組 CD9-11

be up to
add up to
pull up to

U

聽片語
CD9-11

片語／中文解釋	首尾押韻／見字讀音／區分音節
be up to 勝任、取決於…	be (i) up (ʌ) to (u)

★ It's up to you whether you want to publish a good book or not.
要不要出版一本好書，取決於你。

片語／中文解釋	首尾押韻／見字讀音／區分音節
add up to 總計達、意味著	add (æ x) up (ʌ) to (u)

★ The damage caused by this earthquake adds up to 100,000 dollars.
這次地震造成的損失總計達10萬美元。

片語／中文解釋	首尾押韻／見字讀音／區分音節
pull up to 追趕上	pu·ll (ʊ x) up (ʌ) to (u)

★ We have pulled up to the level of developed countries in some fields.
在某些領域我們已經趕上已開發國家的水準。

•**e up to

聽群組
CD9-12

face up to
live up to

聽片語
CD9-12

片語／中文解釋	首尾押韻／見字讀音／區分音節
face up to 勇敢地面對	fa·ce (e s x) up (ʌ) to (u)

★ A real man should *face up to* adversity.
真正的男人應該勇於面對逆境。

live up to
實踐

li · ve	up	to
ɪ x	ʌ	u

★ Charles is a reliable person and always *lives up to* his word.
查理斯一個值得信賴的人，總是說到做到。

●✻✻✻ up with

聽群組 CD9-13

keep up with
make up with

聽片語 CD9-13

片語 / 中文解釋 — 首尾押韻 / 見字讀音 / 區分音節

keep up with
跟上、和...保持聯絡

kee · p	up	wi · th
i	ʌ	ɪ ð

★ He found it hard to *keep up with* other students in the new class.
他發現在新的班級裡很難趕上其他同學的進度。

make up with
與某人和解

ma · ke	up	wi · th
e x	ʌ	ɪ ð

★ Having resolved the misunderstanding, the brothers *made up with* each other.
誤會冰釋後，兄弟倆和好如初。

• what is **e

聽群組
CD9-14

what is more
what is worse

聽片語
CD9-14

片語 / 中文解釋 | 首尾押韻 / 見字讀音 / 區分音節

what is more
而且

wh a · t | is | mo · re
hw ɑ | z | x

★ Smoking is a waste of money. *What is more*, it is harmful to your health.
吸煙不但浪費錢，而且有害健康。

what is worse
更糟的是

wh a · t | is | wor · se
hw ɑ | z | ɝ x

★ The poor guy lost his job last week. *What is worse*, his wife just left him.
那個可憐的傢伙上星期剛失去工作，更糟的是，他的妻子又離他而去。

• with ***

聽群組
CD9-15

with care
with reason
with difficulty

聽片語
CD9-15

with care
小心、慎重

wi · th | ca · re
ɪ ð | k ɛ x

★ Valuable antiques must be handled *with care*.
這些貴重的古董必須小心輕放。

with reason
有道理、合理

wi·th rea·son
ɪ ð i z ŋ

★ These old factory houses were pulled down *with reason*.
拆除這些舊廠房是有道理的。

with difficulty
吃力地、困難地

wi·th di·ffi·cu·l·ty
ɪ ð ɪ xə kʌ ɪ

★ The old man who is over 80 climbed to the sixth floor *with difficulty*.
那位年過八旬的老人吃力地爬上了六樓。

•with a ***

聽群組 CD9-16

with a start
with a view to doing

聽片語 CD9-16

片語／中文解釋 首尾押韻／見字讀音／區分音節

with a start
嚇一跳地

wi·th a s·ta·r·t
ɪ ð ə ɑ

★ The little girl squealed *with a start* when she saw a mouse scurry across the floor.
看見一隻老鼠從地板上竄過去，小女孩嚇得尖叫起來。

with a view to doing
以...為目的

wi·th a view to do·i·ng
ɪ ð ə ju u u ɪ ŋ

★ The fund is established *with a view to fostering the creativity of teenagers*.
這項基金的立意是在培養青少年的創造力。

W

• without ＊＊＊

聽群組
CD9-17

without delay
without doubt
without reserve

聽片語
CD9-17

片語／中文解釋	首尾押韻／見字讀音／區分音節
without delay 立刻、趕快	wi · th ou · t (ɪ ð aʊ) | de · lay (ɪ e)

★ Hearing the drowning child cry for help, he jumped into the river *without delay*.
聽見落水的孩童喊救命，他立刻就跳入河裡。

without doubt 毫無疑問地	wi · th ou · t (ɪ ð aʊ) | dou · b · t (aʊ x)

★ Jenny is *without doubt* the most diligent student in our class.
珍妮毫無疑問地是我們班上最勤奮的學生。

without reserve 毫無保留地	wi · th ou · t (ɪ ð aʊ) | re · s er · ve (ɪ z ɜ x)

★ He told the secret to his best friend *without reserve*.
他毫無保留地將秘密全都告訴了他最好的朋友。

• ＊＊＊ way

聽群組
CD9-18

give way
under way

聽片語
CD9-18

片語 / 中文解釋	首尾押韻 / 見字讀音 / 區分音節
give way 退讓、撤退	gi·ve way ɪ x e

★ The company has to *give way* for further cooperation.
為了進一步合作，公司不得不讓步。

under way 在進行中	un·der way ʌ ɚ e

★ The speech competition was already *under way* when I arrived.
當我趕到的時候，演講比賽已在進行中。

●＊＊＊ with

聽群組 CD9-19

go with
break with
quarrel with

聽片語 CD9-19

片語 / 中文解釋	首尾押韻 / 見字讀音 / 區分音節
go with 與...相配、伴隨	go wi·th ɪ ð

★ The blue tie *goes with* your suite.
這條藍色的領帶和你的西裝很搭。

break with 與...絕交、結束	b·rea·k wi·th e ɪ ð

★ Old people don't like to *break with* tradition.
老人家不喜歡打破傳統。

quarrel with
和某人吵架

q · u a · rre · l | wi · th
k w ɔ x ə | ɪ ð

★ The wife often *quarrels with* her husband over some small trifle.
妻子經常為了一些雞毛蒜皮的小事和丈夫吵架。

•**e with (1)

聽群組 CD9-20

live with
dispense with
interfere with

聽片語 CD9-20

片語／中文解釋	首尾押韻／見字讀音／區分音節
live with 與...住一起	li · ve | wi · th ɪ x | ɪ ð

★ She has *lived with* her aunt since childhood.
她從小就住在姑姑家。

dispense with 免除、省去、無需	di · s · pe · n · se | wi · th ɪ ɛ x | ɪ ð

★ You shouldn't *dispense with* those old dolls; they may be very valuable.
你不該把那些舊娃娃丟了的；她們或許很有價值。

interfere with 干擾、妨礙	in · ter · fe · re | wi · th ɪ ɚ ɪ x | ɪ ð

★ The big powers should not *interfere with* the internal affairs of small countries.
大國不應干涉小國的內政事務。

•＊＊e with （2）

聽群組 CD9-21

associate with
sympathize with

聽片語 CD7-21

片語 / 中文解釋	首尾押韻 / 見字讀音 / 區分音節
associate with 和...聯合	a·sso·ci·at·e wi·th ə x ʃ i e x ɪ ð
sympathize with 和某人有同感、同情	sy·m·pa·th i·ze wi·th ɪ ə θ aɪ x ɪ ð

★ She didn't want her family *associating with* bad mannered people.
她不希望家人和沒教養的人來往。

★ I *sympathize with* you on the quality of education for the children.
在孩子的教育品質上我和你有相同的觀點。

•＊＊le with

聽群組 CD9-22

wrestle with
struggle with

聽片語 CD9-22

片語 / 中文解釋	首尾押韻 / 見字讀音 / 區分音節
wrestle with 和某人扭打	wre·stle wi·th x ɛ l̩ ɪ ð

★ The soldier *wrestled with* the enemy on the battlefield.
士兵在戰場上和敵人扭打成一團。

struggle with
和...做鬥爭

s · t · ru · gg le | wi · th
ʌ x l̩ ɪ ð

★ He *struggles* badly *with* his conscience.
他和自己的良心掙扎著。

●＊＊nd with

聽群組 CD9-23

contend with
correspond with

聽片語 CD9-23

片語 / 中文解釋 | 首尾押韻 / 見字讀音 / 區分音節

contend with
對付

co · n · te · n · d | wi · th
k ə ɛ ɪ ð

★ People of different class have united together to *contend with* the enemy.
各階層的人士已經聯合起來，共同對抗敵人。

correspond with
符合、通信

co · rre · s · po · n · d | wi · th
k ɔ x ɪ ɑ ɪ ð

★ The quality of the goods doesn't *correspond with* what the producers publicized.
產品的品質和廠商的宣傳不一致。

●＊＊t with

聽群組 CD9-24

part with
meet with

聽片語
CD9-24

片語／中文解釋	首尾押韻／見字讀音／區分音節
part with 與某人分開、放棄	pa·r·t wi·th ɑ ɪ ð

★ He has finally decided to *part with* his long-term partner.
他終於決定與和他長期合作的夥伴分道揚鑣。

meet with 遭受、偶遇、符合	mee·t wi·th i ɪ ð

★ The court's decision *met with* unanimous public approval.
法庭的決定獲得大衆一致的認同。

● * * * A against B

聽群組 CD9-25

set A against B
hold A against B

聽片語 CD9-25

片語／中文解釋	首尾押韻／見字讀音／區分音節
set A against B 使A和B對立、並肩	se·t A a·gai·n·s·t B ɛ ə ɛ

★ The coach *set the two runners against each other* to see who would be the fastest.
教練把兩位選手並肩而列，看誰跑得比較快。

hold A against B 讓某事物影響自己對某人的看法	ho·l·d A a·gai·n·s·t B ə ɛ

★ We can't *hold his past error against his present achievement*.
我們不能因為他過去的錯誤而否定他現在的成就。

● * * * A and B

聽群組 CD9-26

at once A and B
what with A and B

聽片語 CD9-26

at once A and B 既...又...	at o·n·ce A an·d B æ wʌ s x æ

★ Mr. Brown is *at once a writer and a university professor*.
伯朗先生既是作家，又是大學教授。

what with A and B
考慮到 A 和 B、由於

wh a · t	wi · th	A	an · d	B
hw ɑ	ɪ ð		æ	

★ *What with fund and market prospects*, they finally decided to quit this investment program.
考慮到資金和市場前景，他們最後決定放棄這個投資方案。

● *** A as B

聽群組
CD9-27

mean A as B
identify A as B
consider A as B
describe A as B

聽片語
CD9-27

片語 / 中文解釋	首尾押韻 / 見字讀音 / 區分音節
mean A as B 打算、意欲	mea · n A as B i æ z

★ Don't be angry, I just *mean it as a joke*.
別生氣，我只是開個玩笑。

identify A as B
識別出某人或某事

i · de · n · ti · fy	A	as	B
aɪ ɛ ə aɪ		æ z	

★ The witness *identified him as the criminal* from a pile of photos.
目擊證人從一大堆照片中指認出他就是犯人。

consider A as B
認為

co · n · si · der	A	as	B
k ə ɪ ɚ		æ z	

★ His colleagues *consider him as a cordial man*.
同事都認為他是個熱心的人。

describe A as B
稱為

de · s · c · ri · be A as B
ɪ k aɪ x æ z

★ Economists *describe this phenomenon as inflation*.
經濟學者把這種現象叫做通貨膨脹。

‧**e A for B

聽群組 CD9-28

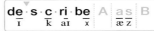

trade A for B
blame A for B
charge A for B
forgive A for B

聽片語 CD9-28

片語 / 中文解釋 | 首尾押韻 / 見字讀音 / 區分音節

trade A for B
一物換另一物

t · ra · de A fo · r B
e x ɔ

★ In primitive societies, people *traded shells for food*.
在原始社會中，人們用貝殼換取食物。

blame A for B
因為某事而責備某人

b · la · me A fo · r B
e x ɔ

★ The boss *blamed the sales promoter for not finishing the assignment*.
老闆因為業務沒有完成任務而責備他。

charge A for B
要價

cha · r · ge A fo · r B
tʃ ɑ dʒ x ɔ

★ The repairman *charges the customer $10 for replacing a tire*.
修理工換一個輪胎向顧客索取10美元。

forgive A for B 原諒某人做某事	for · gi · ve A fo · r B ɚ ɪ x ɔ

★ The mother *forgave the son for his offense.*
媽媽原諒了兒子的過錯。

•*** A from B

聽群組 CD9-29

tell A from B
order A from B
rescue A from B
withdraw A from B
distinguish A from B

聽片語 CD9-29

片語／中文解釋	首尾押韻／見字讀音／區分音節
tell A from B 把A和B區分開來	te · ll A f · ro · m B ɛ x ɑ

★ Can you *tell salt from sugar* without tasting them?
你能不試味道就分辨出鹽和糖嗎？

order A from B 點菜、訂購、預訂	or · der A f · ro · m B ɚ ɑ

★ I *ordered some specialties from the menu.*
我從菜單上點了幾道招牌菜。

rescue A from B 從危險中救出某人	re · s · cu · e A f · ro · m B ɛ kju x ɑ

★ The fireman *rescued a girl from the blazing fire* regardless of his own life.
消防隊員不顧生命危險，從熊熊烈火之中救出一名小女孩。

withdraw A from B
撤回、收回

wi·th·d·raw A f·ro·m B
ɪ ð ɔ ɑ

★ The Soviet Union *withdrew all their medical experts from China* at the beginning of the 1960's.
60年代初期，蘇聯從中國撤走所有的醫療專家。

distinguish A from B
辨認、區別

di·s·ti·n·g·ui·sh A f·ro·m B
ɪ ɪ ŋ wɪ ʃ ɑ

★ It is hard to *distinguish the twins from each other*.
很難分辨出這對雙胞胎誰是誰。

•*** A from doing

聽群組 CD9-30

restrain A from doing
discourage A from doing

聽片語 CD9-30

片語／中文解釋　首尾押韻／見字讀音／區分音節

restrain A from doing
抑制某人做某事

re·s·t·rai·n A f·ro·m do·i·ng
ɪ e ɑ u ɪ ŋ

★ Learning that she didn't pass the exam, the girl *restrained herself from crying*.
得知沒有通過考試，女孩努力克制自己不要哭。

discourage A from doing
使某人喪失做某事的信心

di·s·cour·ag·e A f·ro·m do·i·ng
ɪ k ɜ ɪdʒ x ɑ u ɪ ŋ

★ The injury in his leg did't *discourage him from taking part in the competition*.
腿傷並沒有使他喪失參加比賽的信心。

●*** A into B

聽群組
CD9-31

turn A into B
classify A into B

聽片語
CD9-31

片語 / 中文解釋　　首尾押韻 / 見字讀音 / 區分音節

turn A into B
由一種狀況轉變成另一種狀況

tur · n　A　in · to　B
ɜ　ɪ　u

★ Modern advanced scientific technology can *turn water into fuel*.
現代先進的科學技術可以將水轉化為燃料。

classify A into B
將某事物分類

c · la · ss i · fy　A　in · to　B
k　æ　x ə aɪ　ɪ　u

★ The teacher *classifies the students into three classes* based on their age.
老師根據年齡將學生分成三個班級。

●**d/de A into B

聽群組
CD9-32

build A into B
divide A into B

聽片語
CD9-32

片語 / 中文解釋　　首尾押韻 / 見字讀音 / 區分音節

build A into B
將 A 加入 B、插入

bui · l · d　A　in · to　B
ɪ　ɪ　u

★ The two parties *built a new term into the agreement*.
雙方把一項新的條款加入協定當中。

divide A into B
將某事物分隔開

di · vi · de A in · to B
ə aɪ x ɪ u

★ The manager *divided the firm into five departments*.
經理把公司分為五個部門。

●**t/te A into B

聽群組
CD9-33

convert A into B
translate A into B

聽片語
CD9-33

片語 / 中文解釋 | 首尾押韻 / 見字讀音 / 區分音節

convert A into B
改變形式、改變用途

co · n · ver · t A in · to B
k ə ɝ ɪ u

★ The windmill can *convert mechanical power into electricity*.
風車能將機械能轉化為電力。

translate A into B
把 A 譯成 B

t · ra · n · s · la · te A in · to B
æ e x ɪ u

★ The publisher has *translated this novel into dozens of languages*.
出版社已經把這本小說翻譯成幾十種語言。

●*** A of B

聽群組
CD9-34

free A of B
warn A of B
inform A of B
deprive A of B

聽片語
CD9-34

片語 / 中文解釋	首尾押韻 / 見字讀音 / 區分音節
free A of B 使 A 擺脫 B	f · ree (i) A of (ɑ v) B

★ This analgesic can *free the patient of pain* for two hours.
這個止痛劑能抒解病人的疼痛兩個小時。

warn A of B 告誡、警告	wa · r · n (ɔ) A of (ɑ v) B

★ The policeman *warned the driver of the consequences of speeding on the highway*.
交通警察告誡駕駛在高速公路上超速行駛的後果。

inform A of B 通知某人某事	in · fo · r · m (ɪ ɔ) A of (ɑ v) B

★ The secretary calls to *inform me of the time for tomorrow's meeting*.
秘書打電話通知我明天開會的時間。

deprive A of B 剝奪某人的某事物	de · p · ri · ve (ɪ aɪ x) A of (ɑ v) B

★ Slave owners *deprived black slaves of their personal freedom*.
奴隸主人剝奪了黑奴的人身自由。

• * * * A on B

聽群組
CD9-35

exert A on B
force A on B
blame A on B
impose A on B

A ＊＊＊ B

聽片語
CD9-35

片語 / 中文解釋 | 首尾押韻 / 見字讀音 / 區分音節

exert A on B
施加 A 於 B 之上

ex·er·t A on B (ɪgz ɜ ɑ)

★ The parents hope the child succeeds and so *exert a lot of pressure on him*.
父母希望孩子功成名就，便施加了許多壓力在他身上。

force A on B
勉強某人接受某事物

fo·r·ce A on B (s x ɑ)

★ The older generation can't *force their ideas on the younger one*.
老一輩的人不能把他們的思想強加於年輕一輩的身上。

blame A on B
歸咎於、責備、埋怨

b·la·me A on B (e x ɑ)

★ He always *blames failure on others* and never bears any responsibility.
他總是把失敗原因歸咎於他人而自己從不承擔任何責任。

impose A on B
將某事強加於

im·po·se A on B (ɪ z x ɑ)

★ Landlords *imposed high taxes on tenants* in feudal societies.
在封建社會裡，地主將高額稅金強加在佃戶身上。

•＊＊e A to B

聽群組
CD9-36

ascribe A to B
introduce A to B

聽片語
CD9-36

片語 / 中文解釋	首尾押韻 / 見字讀音 / 區分音節
ascribe A to B 歸於	a · s · c · ri · be A to B ə k aɪ x u

★ We can't ***ascribe the success of this competition to his efforts*** alone.
我們不能把這次比賽的成功歸功於他一個人的努力。

introduce A to B 介紹	in · t · ro · du · ce A to B ɪ ə ju s x u

★ The presider ***introduces the new actor to the audience***.
主持人介紹這位新演員給觀眾認識。

•**mit A to B

聽群組
CD9-37

limit A to B
submit A to B

聽片語
CD9-37

片語 / 中文解釋	首尾押韻 / 見字讀音 / 區分音節
limit A to B 限定於	li · mi · t A to B ɪ ɪ u

★ The manufacturer ***limits this product to Southeast Asia***.
廠家限定這項產品只能在東南亞地區販售。

submit A to B 把 A 提交給 B	su · b · mi · t A to B ə ɪ u

★ The senator ***submitted the revised draft to the congress***.
參議員把修改過的草案提交給國會。

•*** A to oneself

聽群組
CD9-38

have A to oneself
keep A to oneself
leave A to oneself

聽片語
CD9-38

片語／中文解釋	首尾押韻／見字讀音／區分音節
have A to oneself 獨佔	ha · ve A to o · ne · se · l · f æ x u wʌ x ɛ

★ The cunning merchant cheated his partner and *had the benefits to himself*.
那個狡猾的商人欺騙了他的合夥人將利潤獨吞。

keep A to oneself 不使人知道、不表現、說出...	kee · p A to o · ne · se · l · f i u wʌ x ɛ

★ She decided to *keep the secret to herself*.
她決定不讓人知道這個秘密。

leave A to oneself 讓某人獨自處理事情	lea · ve A to o · ne · se · l · f i x u wʌ x ɛ

★ The father *left the son to himself* to foster his independence on this matter.
為了培養兒子的自主能力，父親讓他獨自面對這個問題。

•*** A with B

聽群組
CD9-39

mix A with B
load A with B
replace A with B

聽片語
CD9-39

片語 / 中文解釋	首尾押韻 / 見字讀音 / 區分音節
mix A with B 把 A 和 B 混合	mi · x A wi · th B ɪ ks ɪ ð

★ The bartender made a cocktail by *mixing whisky with orange juice*.
酒保把威士忌和橘子汁混合調製成為一杯雞尾酒。

load A with B 裝載	loa · d A wi · th B o ɪ ð

★ The dockers are busy *loading the ship with goods* before dark.
碼頭工人正忙著趕在天黑以前把貨物裝載上船。

replace A with B 用 B 替代 A	re · p · la · ce A wi · th B ɪ e s x ɪ ð

★ As people's lives improved, people *replaced the black TV with the color one*.
隨著生活水準的提昇，人們將黑白電視機汰換為彩色電視。

•** t/te A with B

聽群組
CD9-40

trust A with B
equate A with B
illustrate A with B

聽片語
CD9-40

片語 / 中文解釋	首尾押韻 / 見字讀音 / 區分音節
trust A with B 信任、信賴	t · ru · s · t A wi · th B ʌ ɪ ð

★ Can you *trust the new employee with the keys* ?
你放心將鑰匙交給新來的員工嗎？

equate A with B
使 A 和 B 相等

e·q·ua·te A wi·th B
ɪ k we x ɪ ð

★ *Equating money with happiness* is a ridiculous idea.
把金錢和幸福相提並論是一種非常荒謬的想法。

illustrate A with B
用 B 闡明 A

i·llu·s·t·ra·te A wi·th B
ɪ xə e x ɪ ð

★ The author *illustrates an abstruse problem with some graphs* in this book.
在這本書中，作者運用一些圖表解釋一個深奧的問題。

●＊＊＊ at ＊＊＊ （1）

聽群組 CD9-41

put up at
at short notice

聽片語 CD9-41

片語／中文解釋	首尾押韻／見字讀音／區分音節
put up at 在某處暫住、投宿	pu·t up at ʊ ʌ æ

★ The hunter had to *put up at* the village for a night because of the dark.
由於天黑了，獵人只好在村子裡暫住一晚。

at short notice 一接到通知就...	at sho·r·t no·ti·ce æ ʃ ɔ ɪ s x

★ She called her mother *at short notice* on receiving the admission letter.
一接到錄取通知書，她馬上就打電話給媽媽。

●＊＊＊ at ＊＊＊ （2）

聽群組 CD9-42

be driving at
at odds with

聽片語 CD9-42

片語／中文解釋	首尾押韻／見字讀音／區分音節
be driving at 意指、用意所在	be d·ri·vi·ng at ɪ aɪ ɪ ŋ æ

★ The movement *is driving at* improving the legal consciousness of the public.
這個活動的主旨在於提高民眾的法律觀念。

at odds with
與...不符、不一致

at	odd	s	wi	th		
æ	ɑ	x	ɪ	ð		

★ The actual production date of this product is *at odds with* the printed date.
這個產品的實際生產日期與商標不同。

●*** far ***

聽群組 CD9-43

go too far
far into the night

聽片語 CD9-43

片語／中文解釋　首尾押韻／見字讀音／區分音節

go too far
相去甚遠、做得過火

go	too	fa	r
	u	ɑ	

★ His speech *goes too far* from the theme of this session.
他的演講和這次會議的主題相去甚遠。

far into the night
到深夜

fa	r	in	to	th	e	ni	gh	t	
ɑ		ɪ	u	ð	ə	aɪ	x		

★ He often studies *far into the night* in order to win the first prize scholarship.
為了得到第一名的獎學金，他經常唸書到深夜。

●*** for ***

聽群組 CD9-44

be no match for
for that matter

聽片語
CD9-44

片語 / 中文解釋	首尾押韻 / 見字讀音 / 區分音節
be no match for 比不上	be no ma·tch fo·r i æ tʃ ɔ

★ This amateur singer *is no match for* the professionals.
在唱歌方面，這個業餘愛好者根本比不上專業人士。

片語 / 中文解釋	首尾押韻 / 見字讀音 / 區分音節
for that matter 就此而言	fo·r tha·t ma·tter ɔ ð æ æ x ɚ

★ You should respect your parents and all your elders *for that matter*.
你應該尊敬父母，對其他長輩也應該如此。

●*** like ***

聽群組
CD9-45

more like
like so many

聽片語
CD9-45

片語 / 中文解釋	首尾押韻 / 見字讀音 / 區分音節
more like 大約、差不多、接近	mo·re li·ke x aɪ x

★ The damage caused by this typhoon is *more like* 500, 000 dollars.
這次颱風所造成的損失大約有50萬美元。

片語 / 中文解釋	首尾押韻 / 見字讀音 / 區分音節
like so many 很可能、大概	li·ke so ma·ny aɪ x ɛ ɪ

★ He is *like so many* employed by the company as in it was based on his excellent performance.
以他出色的表現，他很有可能被這家公司錄用。

●＊＊＊ little ＊＊＊

聽群組
CD9-46

what little
little short of

聽片語
CD9-46

片語／中文解釋	首尾押韻／見字讀音／區分音節
what little 微不足道	wha·t li·ttle hw ɑ ɪ x l̩

★ She gave the poor boy *what little* money.
她把僅有的一點錢全給了那個可憐的男孩。

little short of 簡直就是、幾乎	li·ttle sho·r·t of ɪ x l̩ ʃ ɔ ɑv

★ How he could survive this accident is *little short of* miraculous.
他能在這次事故中倖免於難簡直就是個奇蹟。

●＊＊＊ on ＊＊＊

聽群組
CD9-47

check up on
on top of

聽片語
CD9-47

片語／中文解釋	首尾押韻／見字讀音／區分音節
check up on 調查、核對	che·ck up on tʃ ɛ k ʌ ɑ

★ The customs officers are *checking up on* these imported foods.
海關人員正在檢查這批進口食品。

on top of 在...之上	on to·p of ɑ ɑ ɑv

★ There is a satellite acceptor *on top of* the building.
樓頂上有一個衛星接收器。

●*** with ***

聽群組 CD9-48

keep pace with
with eyes open

聽片語 CD9-48

片語 / 中文解釋	首尾押韻 / 見字讀音 / 區分音節
keep pace with 並駕齊驅	kee·p pa·ce wi·th i e s x ɪ ð

★ The two countries are *keeping pace with* each other in terms of military power.
兩國在軍事力量上旗鼓相當，並駕齊驅。

with eyes open 充分瞭解自己所做的事	wi·th ey·es o·pe·n ɪ ð aɪ x ə

★ He accepted this important task *with* his *eyes open*.
他非常清楚這項任務的重要性，並欣然接受。

背片語像聽音樂
一樣輕鬆！

PHRASES

Study Walker 學習行動派 22

用聽的背片語進階1200

mini Book

作者 / 王琪
發行人 / 江媛珍
出版者 / 檸檬樹國際書版有限公司
地址 / 台北縣235中和市中和路400巷31號2樓
電話 /（02）2927-1121
傳真 /（02）2927-2336
e-mail / lemontree@booknews.com.tw
總編輯 / 何聖心
英文主編 / 黃若璇
日文主編 / 連詩吟
英文編輯 / 郭珍如
助理會計 / 方靖淳
内文排版 / 凱立國際資訊股份有限公司
法律顧問 / 第一國際法律事務所 余淑杏律師

全球代理印務及總經銷 / 知遠文化事業有限公司
地址 / 北縣222深坑鄉北深路三段155巷23號7樓
電話 /（02）2664-8800
傳真 /（02）2664-8801

出版日期 / 2006年1月初版
郵撥帳號 / 19726702
郵撥戶名 / 檸檬樹國際書版有限公司
（單次購書金額未達300元，請自付40元郵資）

好書推薦

英語樹　系列　01

英語樹-快速記單字

6000 字彙，樹狀記憶捷徑！

- 492 頁
- 寬 10 ＊高 20 公分
- 軟皮燙金精裝手冊
- 定價 **249** 元

- **程度：國中及高中單字／英檢初中級單字**
- **內容簡介：（節錄自本書 p54）**

B

〔b〕

bo.. 發音　〔ba..〕　1

bo...	〔ba...〕	
bob	〔bab〕	名. 上下擺動
bomb	〔bam〕	名. 炸彈
bond	〔band〕	名. 聯結
borrow	〔ˊbaro〕	動. 借入
bother	〔ˊbaðɚ〕	動. 打擾
bod...	〔bad...〕	
bodily	〔ˊbadɪlɪ〕	形. 身體的
body	〔ˊbadɪ〕	名. 身體
bodyguard	〔ˊbadɪˏgard〕	名. 保鏢
bott...	〔bat...〕	
bottle	〔ˊbatl̩〕	名. 瓶子
bottom	〔ˊbatəm〕	名. 底部
box...	〔baks...〕	
box	〔baks〕	名. 箱子
boxing	〔ˊbaksɪŋ〕	名. 拳擊

好書推薦

英語樹　系列　05

英語樹-生活會話萬用手冊

「樹狀結構」360 種你一定會遇到的情境！

- 384 頁
- 寬 10 ＊高 20 公分
- 軟皮燙金精裝手冊
- 特價 199 元

- **程度：具國中英語程度者，皆適用**
- **內容簡介：（節錄自本書各單元主題）**

用英文 表達自己 一個人面對外國人， 也不怕！	VS.	用英文 詢問對方 讓話題持續， 絕不冷場！
1 自我介紹	VS.	我想認識你
2 自我介紹	VS.	我想認識你
3 我的喜怒哀樂	VS.	你的喜怒哀樂？
4 我的主張／想法	VS.	你的主張／想法？
5 用英文表達善意	VS.	回應對方的善意
6 出國旅遊	VS.	聽懂老外在說啥？
7 辦公室英語	VS.	如何和同事 & 客戶互動？
8 聊天話題	VS.	如何讓話題持續？

訂購方法：請參考 357-358 訂購單

好書推薦

用聽的學英文
基礎系列　05. 06

用聽的背句型-基礎 500

- 寬 17 ＊高 23 公分
- 附〔隨身聽 & 背〕秘笈
- 附 CD1（60 分鐘）
- 特價 **199** 元

＋

光碟完整版

特價 399元
CD 1-7

- **程度：國中英語程度／英檢初級**
- **內容簡介：（節錄自 CD1-音軌 1 、音軌 2）**

- **I'd like... 的句型練習**

聽句型　I'd like（請給我、我想要…）

聽句型解說　I'd like 的用法

聽例句

step 1 ▶ 聽【例句】請給我一杯咖啡

step 2 ▶ 聽【分段唸例句】

(1) 請給我　I'd like

(2) 一杯咖啡　**a cup of coffee**

step 3 ▶ 聽【單字】**cup**（杯子）

step 4 ▶ 聽【再唸一次例句】(1) + (2)

請給我一杯咖啡

I'd like **a cup of coffee.**

step 5 ▶ 聽【下一個例句】

I'd like **the same.**（請給我同樣的）

句型選擇標準：

1. 自我介紹 →「我是／我覺得／我喜歡」的句型練習
2. 提出疑問 →「多少錢／多遠／幾點／哪一個」的句型練習
3. 詢問意見 →「你認為／你要不要／你介意嗎」的句型練習
4. 提出請求 →「我可以嗎／請給我／能麻煩你嗎」的句型練習

好書推薦

用聽的學英文
基礎系列　07. 08

用聽的背文法-基礎 Level

- 寬 17 ＊高 23 公分
- 附〔隨身聽 & 背〕秘笈
- 附 CD1（60 分鐘）
- 特價 **199** 元

＋

光碟完整版

特價 399 元
CD 1-7

- **程度：國中英語程度／英檢初級**
- **內容簡介：（節錄自 CD2-音軌 3）**

● Point 2「現在式」的基本介紹

聽中文說明

什麼時候用「現在式」?

(1) 說明主詞當下的狀況

(2) 陳述一般的情況

(3) 陳述一個持續的情況

聽英文例句

step 1 ▶ 聽【例句】我喜歡在睡前喝點酒

I love to have a drink before I go to sleep.

step 2 ▶ 聽【解析】

＊我睡覺前 before I go to sleep

屬於 (2) 陳述一般的情況

＊所以動詞 love（喜愛）用動詞現在式

文法選擇標準：

1. 「形容詞／副詞」修飾技巧
2. 「現在式／過去式／未來式」基本句型
3. 「be 動詞／動詞／助動詞」時態變化
4. 「疑問詞／介系詞／比較級」例句練習

訂購方法：請參考 357-358 訂購單

好書推薦

用聽的學英文—基礎系
[mini BOOK]　01. 0

用聽的背單字-基礎 2000 [mini BOOK]

- 寬 9 ＊高 15.5 公分
- 手掌寬 / 膠裝＋透明書套
- 附 mini CD1 片（20 分鐘）
- 特價 169 元

＋

光碟完整版

特價 399 元
CD 1-7

- **程度：國中英語程度／英檢初級**
- **內容簡介：(節錄自 mini CD-音軌 8)**

• ag 開頭，發音是〔ə`g〕的單字群組

聽群組

ago
agree
again

聽單字　**ago**（在…以前）

step 1 ▶	聽【正常速度】唸單字	ago
step 2 ▶	聽【分音節】拼字母	a • g - o
step 3 ▶	聽【慢速度】再唸一次	a〔ə〕g - o〔go〕
step 4 ▶	聽【中文解釋】	在…以前
	聽【下一個單字】	agree（同意）
	：	
	聽【下一個單字】	again（再一次）
	：	

單字選擇標準：

1. 能用英文填寫個人資料
2. 包含教育部公布必考 1000 單字
3. 說明年齡、外表、職業、個性常用單字
4. 能看懂路標、日期、國外旅館 Check in 表格的單字

訂購方法：請 見P357-358訂購單

訂購方法：請參考P357-358訂購單

好書推薦

用聽的學英文—基礎系列
[mini BOOK] 07. 08

用聽的背文法-基礎 Level [mini BOOK]

- 寬 9 ＊高 15.5 公分
- 手掌寬 / 膠裝＋透明書套
- 附 mini CD1 片（20 分鐘）
- 特價 **169** 元

＋

光碟完整版

特價 399元
CD 1-7

- 程度：國中英語程度／英檢初級
- 內容簡介：（節錄自 mini CD-音軌 11）

● Point 10〔be 動詞〕的功能（1）

聽中文說明

〔be 動詞〕的句型（1）：

主詞＋〔be 動詞〕＋名詞

→「主詞」的意義＝「名詞」

聽英文例句

step 1 ▶ 聽【例句】

她是我的女兒。 **She is my daughter.**

step 2 ▶ 聽【解析】

＊【主詞】She（她）的意義

＝【名詞】my daughter（我的女兒）

↓

聽【下一個例句】

他是我弟弟。 **He is my brother.**

文法選擇標準：

1. 「形容詞／副詞」修飾技巧
2. 「現在式／過去式／未來式」基本句型
3. 「be 動詞／動詞／助動詞」時態變化
4. 「疑問詞／介系詞／比較級」例句練習

57-358訂購單

好書推薦

用聽的學英文
進階系列 **07. 08**

用聽的背文法-進階 Level

- 寬 17 ＊高 23 公分
- 附〔隨身背〕快記小抄
- 附 CD1（60 分鐘）
- 特價 **249** 元

＋

光碟完整版

特價 499 元
CD 1-9

- **程度：高中英語程度／英檢中級**
- **內容簡介：（節錄 CD1-音軌 5）**

● Point 4 「不定詞」當「受詞」

聽中文說明

「不定詞」當「受詞」時：

(1) 句子裡一定有 → 兩個動詞

(2)「第二個動詞」一定用「不定詞」，
也就是 → to + 原形動詞

聽英文例句

step 1 ▶ 聽【例句】我喜歡游泳

I like to swim.

step 2 ▶ 聽【解析】

＊【主詞】I

＊【動詞 1】like

＊【動詞 2】swim ，用 to swim 當受詞

文法選擇標準：

1. 「不定詞」和「動名詞」的關係
2. 代名詞「one ／ it ／ another ／ other」的用法
3. 「問句」如何變成「間接問句」？
4. 「主動語態」如何變成「被動語態」？
5. 「主格／受格／所有格」的「關係代名詞」

訂購方法：請參考P357-358訂購單

好書推薦

用聽的學英文—進階系列
[mini BOOK] 01. 02

用聽的背單字-進階 3000 [mini BOOK]

- 寬 9 ＊高 15.5 公分
- 手掌寬／膠裝＋透明書套
- 附 mini CD1 片（20 分鐘）
- 特價 199 元

＋

光碟完整版

特價 499 元
CD 1-9

- 程度：高中英語程度／英檢中級
- 內容簡介：（節錄自 mini CD-音軌 4）

- any 開頭，發音是〔ˋɛnɪ〕的單字群組

聽群組

anyway
anymore
anyplace

聽單字 anyway（無論如何）

step 1 ▶	聽【正常速度】唸單字	anyway
step 2 ▶	聽【分音節】拼字母	a • ny - way
step 3 ▶	聽【慢速度】再唸一次	a〔ɛ〕• ny〔nɪ〕- way〔we〕
step 4 ▶	聽【中文解釋】	無論如何
	聽【下一個單字】	anymore（再也不）
	：	
	聽【下一個單字】	anyplace（任何地方）
	：	

單字選擇標準：

1. 能完成 800 字英文自傳
2. 包含教育部公布「常用 2000 字詞」
3. 描述「事件發展、自然現象、人物特質」常用字
4. 看懂「說明書、外文期刊、外電報導、網路資訊」必備單字

訂購方法：請參考P357-358訂購單

好書推薦 英語工具箱 系列 02

男生最 Match 的英文名

1200 個熱門英文名任你選！

- 224 頁
- 寬 15 ＊高 21 公分
- 附〔有聲．互動光碟〕
- 特價 **199** 元

- **適用對象：想取英文名者，皆適用**
- **內容簡介：（節錄自本書內文）**

★ **Jordan** 喬 丹

- 音　　標：[`dʒɔrdṇ]　　　個性特質：眾人焦點
- 姓名來源：希伯來語　　　姓名涵義：遺傳的、子孫
- 姓名特質：

溫文儒雅，對流行敏銳度高，重視穿著打扮，能輕易引起他人的高度興趣。有商業頭腦，管理能力強，懂得把握商機，事業成就極高。

★ **Jackson** 傑克遜

- 音　　標：[`dʒæksṇ]　　　個性特質：享受人生
- 姓名來源：希伯來語　　　姓名涵義：上帝是仁慈的
- 姓名特質：

熱愛從事戶外活動，常常被大自然的神秘所吸引，盡情享受人生奧秘之處。思考深奧有哲理，不容易為一般人所瞭解，十分自我，不在乎別人的看法。

★ **John** 約 翰

- 音　　標：[dʒan]　　　個性特質：愛家顧家
- 姓名來源：希伯來語　　　姓名涵義：上帝是仁慈的
- 姓名特質：

熱愛家庭，喜歡小孩，是個能理解子女的好父親。溫和善良，具有迷人的悠閒氣質。工作認真，有責任感，極有耐性，有經商才能，適合自己經營小本生意。

357-358訂購單

訂 購 單

1. 優惠套書區

A 套-1【用聽的學英文-基礎系列】

4 大書+ 28 CD　原價 ~~2392~~ 元 特價 *1999* 元

A 套-2【用聽的學英文-基礎系列】mini BOOK

4 小書+ 28 CD　原價 ~~2272~~ 元 特價 *1999* 元

B 套-1【用聽的學英文-進階系列】

4 書+ 36 CD　原價 ~~2992~~ 元 特價 *2499* 元

B 套-2【用聽的學英文-進階系列】mini BOOK

4 書+ 36 CD　原價 ~~2792~~ 元 特價 *2499* 元

C 套【英語樹】

1 套 5 本　原價 ~~1195~~ 元 特價 *999* 元

D 套【男生 & 女生英文名】

1 套 2 本　原價 ~~398~~ 元 特價 *349* 元

E 套【英語快讀小抄本】

1 套 6 本　原價 ~~360~~ 元 特價 *199* 元

2. 訂購方式

1.【信用卡購書】

請填寫本書 P358 的「信用卡傳真表格」或來電索取「放大版-信用卡傳真表格」。

2.【劃撥購書】

- 帳號：19726702
- 戶名：檸檬樹國際書版有限公司
- 請於劃撥單的空白欄填寫訂購的「書名」及「數量」
- 劃撥訂單物流查詢：(02) 2664-8800

* 單次購書未滿 300 元，請另付 40 元郵資
* 台灣本島以外地區酌收 50 元郵資（採掛號寄送）
* 海外及大陸地區郵資，依書籍實際重量及郵寄方式計算

3. 訂購內容

訂購書名	數量	金額

訂購總金額：____________ 元

4. 信用卡訂購單

● 持卡人資料

姓名：________________生日：民國____年____月____日

性別：□男 □女 卡別：□VISA □Master □JCB □聯合

電話：_____________________手機：________________

e-mail：____

學歷：□高中以下 □高中 □專科 □大學 □研究所以上

發卡銀行：_________________有效期限：_____月_____年

卡號：_________—_________—_________—_________

消費金額：__________________元 末三碼：_________

持卡人簽名：______________________（需與信用卡一致）

授權號碼：_______________________（此欄不用填寫）

● 寄送資料

收貨人姓名：_______________________________________

電話：_____________________手機：________________

送貨地址：□□□________________________________

統一編號：_______________發票抬頭：_______________

24 小時訂單傳真：(02) 2927-2336
讀者服務專線：(02) 2927-1121